Tradução **Francesca Cricelli**

CARA PAZ

Lisa Ginzburg

Se eu sou eu porque tu és tu
e tu és tu porque eu sou eu,
então eu não sou eu e tu não és tu.
Mas se eu sou eu porque eu sou eu
e tu és tu porque tu és tu
então eu sou eu e tu és tu.
Rabino Mendel de Kotzk, *As oito luzes*

O passado é um farol, não um porto.
Provérbio russo

Para minha mãe.

Primeira parte # AS CORRENTEZAS

Decido que é imprescindível ir a Roma. Decido isso à noite enquanto tiro a maquiagem. Pierre já está deitado, no espelho do banheiro, pela fresta da porta semiaberta, consigo vê-lo enquanto finge ler *O homem que olhava os trens passarem*, romance de Simenon – mas finge, justamente: está morrendo de sono e está alto demais para se concentrar de verdade.

Voltamos de um daqueles jantares de representação diplomática nos quais eu o acompanho desempenhando – muito bem, acho – meu papel de esposa de um diplomata importante. Jantares entediantes e sempre iguais, como são iguais os queijos que servem antes da sobremesa, os bolos decorados, o tipo de conversa, os rostos, os modos, rápidas trocas de palavras sobre questões que não suscitam nenhuma curiosidade em mim e nunca me surpreendem.

Quem me ensinou a me maquiar (e remover a maquiagem) foi Leyla, uma amiga esteticista – mais exatamente, a minha esteticista que depois se tornou uma amiga. Temos vidas completamente diferentes, ela e eu. Leyla não é casada, não tem filhos. Cuida do pai, um velho senhor antilhano de Forte da França transplantado para Paris há mais de 50 anos, muito gentil, cabelos grisalhos que contrastam bem com a pele negra (já almocei com Leyla na casa dele, em Champigny, num domingo que nunca esquecerei). Leyla montou sozinha seu negócio, e o local onde se encontra seu salão de beleza, no 17º arrondissement, depois de 25 anos de aluguel, será adquirido por ela, uma conquista que a deixa muito orgulhosa. Me sinto bem com Leyla, amo encontrá-la para tomar um café ou para um almoço rápido. Há pessoas que você vê e te fazem sentir galvanizado, nutrido, e Leyla tem esse efeito em mim: seu espírito guerreiro, sua elegância, sua maquiagem sempre perfeita – o contraste de seus lenços coloridos com as roupas escuras, os adereços vistosos, os saltos altos sobre os quais ela se move com verdadeira e invejável desenvoltura. Talvez por lembrar um pouco minha mãe, eu confio em Leyla: ela entende as coisas, é atenta, nunca inapropriada. A experiência a ensinou a não nutrir ilusões sobre as coisas, mas sem ceder ao cinismo, e apesar das dificuldades da sua vida de mestiça na França, nunca vi comportamentos de raiva e recriminação por parte dela. Leyla então me explicou: antes de usar o tônico facial, preciso esperar que o primeiro estrato do demaquilante tenha sido absorvido – é melhor remover as últimas marcas do resíduo do delineador, rímel ou kajal depois do demaquilante e antes de passar o tônico. Os lábios devem ser umedecidos com um unguento de óleo de argan, que deve ser extraído afundando o dedo numa pequena caixinha muito cara que, porém, agora me sinto muito cansada para ir procurar lá na minha bolsa. Fico só com o demaquilante e o tônico. Pierre se entregou ao sono; com um último esforço ele apagou a luz de led do abajur e agora, num apaziguamento ébrio, dormiu. Olho-me no espelho e não me vejo nem bonita nem feia, como sempre. Agora não me vejo de fato, tomada como estou pelos pensamentos.

Não fui a Roma com frequência nesses anos, somente em ocasiões "especiais". Com Nina para o enterro de nossa mãe.

Antes, muito antes, num Natal em que eu e Pierre havíamos decidido viajar com Valentina e Samuel pequenos. Foi Pierre quem insistiu, convencido, até um pouco ressentido: "Precisam conhecer a cidade onde a mãe deles cresceu; não só Paris, Maddalena, os teus lugares também são as raízes deles!". Roma, na minha cabeça, permanece, todavia, um lugar difícil: um emaranhado de lembranças permeadas por um instinto de autoproteção, sobre as quais evito me deter demoradamente.

Mas eis que decidi, não tenho dúvida nenhuma hoje à noite. Preciso ir a Roma.

Eu e Nina sempre nos comunicamos muito e, desde que se mudou para Nova Iorque, ela gostaria que nos falássemos ainda mais. Por qualquer coisa a minha irmã me liga ou me manda mensagens por WhatsApp. Elas chegam de forma indiscriminada, sem preocupação alguma por parte dela em relação ao fuso horário que nos separa. No meio da noite, ao amanhecer, durante o dia quando estou sozinha, à noite bem naquele momento em que estamos os quatro (eu, Pierre e as crianças) prontos para nos sentar à mesa. O iPhone soa seu inexorável toque de notificação avisando que chegaram palavras. Atravessamentos invasivos como uma interferência perturbadora. Aprendi a desligar o telefone para não estar disponível; mesmo assim, quando o ligo de novo e encontro as mensagens de Nina, toda vez vem uma pontada de ansiedade e me sinto na obrigação de responder. "Eu estava dormindo", "Agora não é um bom momento", "Podemos falar amanhã?", teclo freneticamente com a esperança de que minha irmã saiba entender a sugestão implícita em ser mais discreta e parcimoniosa na comunicação. Mas imagina: Nina continua, é obstinada em perturbar. "Oh, Maddi, como sou boba, desculpe, de fato não tinha pensado!" – ela é boa em distribuir desculpas para depois, impassível, como se nada tivesse acontecido, recomeçar a metralhar com mensagens enviadas pela rede nas horas mais inapropriadas. Eu a perdoo; Pierre, ao contrário, é severo. "Coisa de gente louca! O narcisismo da sua irmã faria ela interromper, sem escrúpulos, até o sono de um recém-nascido!" – ele pragueja quando esqueço de colocar o telefone no silencioso e o trinado das mensagens de WhatsApp nos acorda de sobressalto. Eu, paciente, volto a teclar: "Por favor, Nina, fique de olho no fuso, atrapalha minha serenidade conjugal...". Mais uma vez estabeleço o silêncio telemático – interrompido pela avalanche de *emojis* enviados por Nina e que encontrarei mais tarde, miríades de *smiles*, olhos em forma de coração, mãos juntas em prece, um guarda-sol, duas taças de champanha que se tocam formando um tintim ideal, buquês de flores, bananas descascadas, pentagramas cheios de notas dizendo (ou invocando) sintonias renovadas.

Nada de novo. Nina: ela é quem importa, ela antes de qualquer outra coisa. Diferente de Pierre, eu não me canso do egocentrismo da minha irmã. Estou acostumada, é assim desde que nascemos. Nina, minha irmã mais nova, bela e cheia de caprichos, descontrolada, difícil, protagonista. Cansativa. Tão diferente de mim, eu, Maddalena, chamada de Maddi, irmã mais velha e mais tímida, sóbria, sempre na minha. Eu que sempre apoio Nina, justifico, sou seu escudo; eu, sua espectadora privilegiada.

Os motivos dos excessos da minha irmã eu conheço bem, um por um. Se exagera, se fala demais, se age demais, se não entende as situações nem quem esteja diante delas, é porque ela, em primeiro lugar, não dá conta de se conter. Sua natureza é impulsiva e complicada, uma coleção de humores que estão sempre mudando. E, para complicar as coisas, há a sua beleza: magnética, um charme cujo tamanho nem mesmo agora, já crescida, ela sabe entender. É uma mulher adulta e ainda não sabe prever nem considerar o efeito que tem sobre os outros.

"Que olhar, puxa vida": ouvi muitas vezes esse elogio dito a ela, dezenas e dezenas de vezes, dito por conhecidos, parentes, desconhecidos. Todos admirados com seus olhos verdes, como os de Gloria, nossa mãe. Um verde denso, no qual se lê vulnerabilidade, mas também um traço imperioso, basta essa mistura para desorientar completamente quem o vê. Não é possível se furtar àquele olhar, é de uma intensidade amplificada pelas sobrancelhas escuras, puras e implacavelmente lindas feito asas de gaivota. Herdei a estrutura física da família paterna, dos Cavallari – a ossatura grande, o quadril alto e um pouco quadrado, as costas magras de Seba. Nina, ao contrário, tem o corpo de Gloria, suas pernas compridas, torneadas, retas, os seios fartos, o tronco apenas um pouco desproporcional (pouco, mas curto comparado com o movimento das pernas). O caminhar naturalmente gracioso, uma elegância espontânea que sempre me pareceu uma linha de chegada inalcançável.

Desde sempre convivo com a personalidade de Nina, conheço cada nuance. Enquanto ela a impinge aos outros, é como se ela se desculpasse por sua natureza voluptuosa. Ela exaspera os outros, mas ao mesmo tempo, completamente desarmada, pede para ser compreendida. Eu, que sou sua (única) irmã, percebo isso. Os outros não percebem esse matiz: Nina apresenta-se como uma mulher muito bonita e exuberante, mas ao mesmo tempo com um temperamento contraditório, lunático. É belo tê-la por perto, mas é difícil; dá muito trabalho.

Num sábado à tarde, nosso pai nos levou até uma astróloga perto da via Nomentana, viale Pola é o nome da rua, uma ruela sombreada por plátanos enfileirados que costeiam o longo muro, o estuque de *art nouveau* carmesim e branco na fachada dos prédios baixos. A astróloga morava no térreo, fazia seus horóscopos num quarto grande no final de um corredor entre paredes revestidas de veludo rosa antigo. Antigo era tudo na casa dela, e empoeirado e bizarro, da mesma forma que bizarra parecia ela – alta, robusta, cabeleira preta e encaracolada, as pupilas girando nos globos oculares esbugalhados. Durante toda a consulta, as grandes folhas com desenhos dos mapas astrais eram mantidas diante dela sobre a mesa: arabescos intrincados que ela decifrava observando do alto, o tempo todo arrumando o pincenê em forma de gota sobre o nariz, sem armação, não se sabe bem se era usado para ver melhor ou apenas para fazer charme. Chamava-se Angela Perrone; mantinha uma coluna de astrologia numa importante revista feminina, e o tanto de orgulho que sentia daquela ocupação compreendia-se pela ênfase com que declamava suas respostas, pousando sobre nós o olhar exageradamente expressivo – parecia uma bruxa querendo nos hipnotizar. Seba, nosso pai, a conheceu numa festa de casamento em que trabalhou e da qual ela estava entre os convidados.

Não era bem bonita, mas ele gostou daquela mulher, e tão logo entendeu que não estava acompanhada, a cortejou com a mesma insistência simpática com que a convidou para jantar e a levou para a cama. Dois ou três encontros, só isso, uma daquelas paqueras que terminam mesmo antes de começar. Mas não sem deixar marcas, contudo, porque desde então papai começou a acreditar no horóscopo. Mesmo quando Angela Perrone passou a fazer parte do time das ex-amantes "boas amigas", Seba continuou usando a astrologia como filtro privilegiado para interpretar a vida. A leitura dos planetas permaneceu, para ele, como a perspectiva mais confiável entre as demais em que confiava, inquieto e perdido como se sentiu depois que mamãe foi embora. Houve o período dos biscoitos da sorte servidos com a conta no restaurante chinês da piazza Vittorio. Papai esmigalhava-os com vigor para ler os bilhetes que depois dobrava e guardava na carteira, e queria voltar àquele restaurante todo domingo para ter outros. "Um xeque-mate é a maior oportunidade" era o bilhete preferido, colado com destaque na geladeira. Depois, a seguir, vieram os benefícios da alimentação vegana, os efeitos prodigiosos da ashtanga ioga, as leituras da íris e da mão, a análise da postura e as artes divinatórias da grafologia e da numerologia. Qualquer que fosse a adivinhação, o diagnóstico resultava o mesmo. Ele, Seba Cavallari, sofria de tristeza. Foi abandonado pela mãe das suas filhas e, como acontece com os deprimidos numa primeira fase pós-traumática, agora tinha dificuldade em dar a volta por cima. Ele podia especular sobre as razões do ocorrido, mas não conseguia de jeito nenhum se livrar disso.

Desde então, papai começou a conversar sobre os astros com todos, tão logo surgisse uma oportunidade. Ao comentar as estrelas, se abria sobre sua dor, aquele abatimento mudo que o despedaçava. "Gloria, virginiana com ascendente em Virgem, Lua e Marte em Escorpião... Só um taurino com ascendente em Câncer e Lua em Sagitário poderia ter a ideia maluca de constituir família com uma mulher assim", ouvi ele dizer. Eu escutava por trás da porta da sala onde, ao terminar de comer, ele falava por telefone enquanto vigiava Nina hipnotizada pelo filme *A dama e o vagabundo*. Sabe-se lá com quem papai conversava. Claro, aquelas palavras davam a entender algo como "só a mim podia vir uma ideia louca dessas...". Ele e mamãe nunca voltariam a ficar juntos. Podíamos batalhar, nos desesperar com todas as nossas forças e desejar que o tempo fosse rebobinado como uma fita cassete e voltasse atrás. Maldizer a vida o quanto quiséssemos: entre Seba e Gloria, nosso pai e nossa mãe, estava tudo acabado.

Eu, nove anos, Nina, oito. Gloria já não aparecia havia muitas semanas. Não era uma pausa, não era uma nuvem passageira de uma briga mais áspera que as outras, nenhum contratempo transitório arquitetado pelo destino com pérfida astúcia. Não: depois de captar aquele "a ideia maluca de constituir família", tudo foi diferente. O céu guardava muito mais coisa do que a terra podia absorver; se estava escrito nas estrelas que Seba Cavallari e Gloria Recabo, nossos pais, tinham de se separar, então de fato não era possível fazer mais nada. Eu só podia aceitar.

Para a astróloga, bastou aproximar as folhas enormes dos nossos dois mapas astrais, o de Nina e o meu, para intuir os traços principais que caracterizam nossas personalidades tão diferentes, "ainda que muito compatíveis", a senhora teve o cuidado em dizer. Nina virginiana com ascendente em Gêmeos e Lua em Áries, "inteligência meteórica, brilhante, mas inclinada a dar cabeçadas; muita e*strada* até chegar ao equilíbrio e ao autocontrole". Eu, canceriana com ascendente em

Capricórnio e Lua em Peixes, corria o risco de ser o contrário: o meu excesso de sensibilidade seria um obstáculo para minha capacidade de expressão e para me afirmar no mundo. Passou, então, a decifrar, a pedido de Seba, a personalidade de mamãe, arriscando prognósticos sobre possíveis futuros cenários para a união deles numa crise grave. Sobrecarregada como me sentia, naquela altura já tinha parado de ouvir. Eu buscava coragem nas imagens dos signos do zodíaco penduradas com alfinetes nas paredes de veludo, aquelas figuras que simbolicamente eram um meio-termo entre o animal e o humano. Eu me sentia particularmente encantada com a liberdade majestosa de Sagitário, as patas de cavalo num contraste magnífico com os traços totalmente antropomorfos do rosto.

"Mamãe, onde você está, por que não liga nunca?" Estimulada pela força das figuras, a saudade encontrava uma voz, uma forma de palavras.

Escurecia quando saímos, caminhando pela calçada estreita de viale Pola, chegamos ao carro. A astróloga nos ofereceu bombons em forma de ursinho, enrolados em papéis coloridos e brilhantes, guardados em outro urso, esse maior, de plástico transparente. No carro, nós o quebramos na altura da cabeça, em seguida brigamos com raiva pelos bombons espalhados sobre o assento. Um arranca-rabo violento até que Nina explodiu num choro sentido que, assim como seus típicos caprichos, também tinha uma insistência cansativa, agora declinada numa nota mais alta de desespero. "Desliga o rádio, papai, não dá para entender nada aqui!", ouvi como ela implorava. O volume da música, de fato, era exagerado, invadia a cabina do carro e fazia vibrar as janelas – papai deve ter levantado o volume para não ouvir nossa briga. Mas o que contava não era a tensão; ao contrário, a prepotência de Nina em desaguar sua dor, esse dominar a cena jorrando para fora aquilo com que ela não conseguia lidar por dentro. E não importava que fosse ela, Nina, sempre quem reclamava, nunca eu. Seus chiliques davam voz à tristeza que era de ambas. Minha irmã era meu megafone.

Sentíamos falta de Gloria. Demais. Sua ausência era um buraco: um redemoinho em que tínhamos caído havia um número insuportável de dias.

Não tenho vontade de dizer nada a respeito da minha possível ida a Roma, nem a Pierre, nem aos meninos. Preciso amadurecer a ideia para que ela ganhe, na minha cabeça, uma forma nítida o suficiente e me faça comunicá-la do jeito certo. Imagino uma permanência breve, de no máximo uma semana. Será a primeira vez que viajo sozinha; uma novidade que poderia surpreender meus filhos, talvez indispô-los. Hesito, me enrolo nas minhas próprias questões.

"Preciso falar com você sobre uma coisa urgente, Maddi, você tem um minuto?" Esqueci de deixar o telefone no silencioso, a mensagem de WhatsApp de Nina irrompeu no meio da noite. "O que significa 'tem um minuto?' – a noite está cheia de minutos, e todos são inoportunos", só consigo considerar a irritação ao despertar de sobressalto. Pierre dorme enrolado de um lado, as pernas compridas e magérrimas estão flexionadas num ângulo reto, numa posição semifetal engraçada que me provoca ternura. Por sorte, o som da mensagem não o acordou, tento me acalmar ouvindo sua respiração, forçando o meu olhar na penumbra para seguir o movimento ínfimo dos cobertores levantados pelo seu leve ronco. "Está tarde, Nina, bem tarde", escrevo com o tato macio dos dedos, depois envio o texto com raiva. Que ela se toque de uma vez por todas, poxa!

Não que o que ela tem para anunciar não mereça uma ligação. É meio-dia em Paris, estou empurrando a porta pesada de vidro do Club Med Gym na rue Cadet, aonde vou todas as quartas-feiras para minha aula de pilates, quando ouço o celular vibrar no bolso do meu casaco.

"Bom dia, Ninuski... Fala, não é um bom momento agora, mas fala." Meu tom conciliador não esconde a pressa, mas como sempre, Nina não se preocupa com o que os outros sentem, sou a última das suas preocupações.

"Vou deixar o Brian, Maddi."

"Como assim você vai deixá-lo? Oh, Nina, mas..."

Sinto um tremor na voz dela, aquela fissura inconfundível que precede o choro. "Um bosta, eu não quero mais saber de nada! N-a-d-a, entende?!"

Bem-vinda de volta, apreensão. Eis que estão de volta, ansiedades do passado – onde tinham se escondido? Havia muito tempo não me acontecia de ter que servir como para-raios dos desabafos da minha irmã, preocupando-me com ela. Desde que ela conheceu Brian, eu me sentia aliviada, mais leve. Nina finalmente tinha uma vida de verdade, só dela, separada da minha. O que não se deu pela geografia, foi imposto pelos acontecimentos sentimentais: um amplo espaço vazio nos separava. Uma sensação de oxigenação, uma possibilidade de me concentrar só em mim mesma. Uma distância saudável feita não só de milhas e braços de mar, mas também de respeito, autonomia e silêncio. Duas irmãs, duas vidas. Menos ingerências. Mas não, pronto, bastava aquela notícia de separação iminente para eu cair novamente de paraquedas na vida de Nina. Como se não tivesse passado um dia sequer desde quando éramos inseparáveis, impossível pensar uma sem a outra.

Brian O'Brien, irlandês estabelecido no Brooklyn, onde, com o tempo, foi abrindo na sequência três galerias de arte, todas um sucesso. Todos nós da família apostamos nele – exceto Pierre, sempre cáustico em relação à sua bela e volúvel cunhada, aquela Nina impetuosa e bastante invasiva. "Vai ver como ela vai terminar com esse também", ouvi como uma sentença no final da noite em que ela nos apresentou Brian. "Você está errado, dessa vez vai durar!", afirmei para contrariar. "Ele é um homem correto e maduro, uma pessoa verdadeira..." Os motivos do meu otimismo naquela noite não eram nem a simpatia por Brian, nem seu charme – Nina sempre teve uma queda por homens bonitos, não era novidade. O que me fez ter esperança, de fato, foi vê-la diferente do seu habitual: gentil, bem-disposta e espontaneamente generosa. "Dou uma mão?", ela me perguntou cantarolando antes do jantar, quando foi até a cozinha, e ficamos por lá, preparando macarrão ao molho pesto e uma salada tropical, as boas irmãzinhas abnegadas enquanto seus homens conversavam na sala, um típico roteiro normativo e algo inédito para nós.

De tanto dar com a cara na parede com homens errados, minha irmã finalmente havia decidido crescer, pensei isso durante a ligação em que ela me falou de Brian pela primeira vez. Até ela, enfim, tinha a capacidade de se entregar a um amor "bom". Talvez ela não se case, pensei comigo mesma, mas talvez sossegue, ache uma medida, um andamento mais tranquilo em relação ao ritmo enlouquecido com que sempre se forçou, e um pouco também me forçou, até agora, do outro lado do oceano, me jogando na aventura entre a imaginação e a realidade para ficar mais próxima dela.

Agora aquela ligação, a notícia de que irá deixá-lo. Por que deveria, depois de todo esse tempo? Será que Brian a traiu?

Tão atraente, ele, a barba avermelhada, a pele clara e sardenta, os olhos azuis-claros tão alegres e vivos: era fácil ter cedido aos cortejos de uma mocinha que apareceu na porta da sua galeria, alguma oportunidade franca, difícil de se esquivar...

"Ah, um filho da puta, Maddi, se você soubesse! Me aprontou uma cena diante de todos porque, na opinião dele durante a vernissage do artista grego, outro dia, eu teria sorrido insistentemente para o artista, feito gracinhas demais. Uma perfeita cena de ciúmes, e feita assim, em público, sem pensar nas consequências que provocaria. E você sabe o que mais esse merda teve coragem de me dizer?"

Na verdade eu estava curiosa para saber mais sobre o artista grego, mas deixo pra lá.

"*Você é uma coitada de uma sedutora.* Ele me disse isso, me envergonhando desse jeito diante de tantas pessoas que conheço. A galeria, você sabe, você viu, está na Montague Street, a poucas quadras do centro de Sri Babari, onde eu ia meditar, uma ótima localização. Além de inaugurar a exposição do grego, a vernissage era uma festa de aniversário do espaço – quase todos os amigos e conhecidos nova-iorquinos nossos estavam lá. Algum tempo depois daquela cena, senti que já bastava, era demais: joguei o copo no chão e fugi, fui para casa. Foi feio, Maddi, eu juro. Realmente feio..."

As cóleras de Nina, territórios que eu conhecia milimetricamente. A força da sua raiva tinha a mesma intensidade do amor que antes tivera. A ira, a tristeza, o orgulho ferido. Sequências que consigo reconstruir sem cometer nenhum erro, pelo simples motivo de sabê-las de cor, com o mesmo domínio perfeito que um ator tem do seu próprio papel antes de debutar. Nina: como ela desmonta qualquer dinâmica, zerando as relações que foram construídas passo a passo.

Ainda estávamos cursando o Ensino Fundamental quando, durante uma apresentação de dança, minha irmã conseguiu brigar com todas as colegas de curso, eram culpadas de não tê-la apoiado durante uma discussão com a professora sobre um trecho da coreografia que, na opinião de Nina, era muito mecânico. "É um galinheiro, muitas galinhas guiadas por uma perfeccionista, por que preciso ser obrigada a fazer parte disso?" – ela gritava para mim nos dias seguintes. Acho que ela tinha razão, mas claro que seu rancor era um tormento; eu percebia que tinha uma irmã problemática e isso me preocupava. Paciência e muita persuasão até convencê-la a participar mesmo assim da apresentação que ela, furiosa, queria abandonar. Pobre Brian, penso agora, terá dias difíceis adiante.

Enquanto continuo ao telefone, o garoto da recepção da academia me entrega uma toalha e o cadeado para o armário do vestiário. "Me perdoe, Ninuski, mas agora preciso desligar... Falamos sobre isso assim que for possível. Mas tente não ser precipitada. Dê um tempo para si."

"Tempo para fazer o quê, Maddi, me explica? E por que eu não deveria ser precipitada? Acabou. Vou acabar. Não quero um homem assim. Um ciumento coitado, infeliz. As frustrações escondidas são as piores, você sabe... Hoje ele se comporta assim, depois de tanto tempo estando juntos ele se sente autorizado a fazer uma cena absurda dessas. E amanhã? O que você acha que ele será capaz de fazer, quer que eu te explique isso?"

Se fosse por ela, conversaríamos a manhã inteira, eu sei. Entrei atrasada na aula de pilates; a professora, com um gesto gentil, me indicou um lugar no fundo da sala onde me acomodar com meu tapete. Uma hora e meia de puro e íntimo bem-estar. Alongar os músculos, desfazer as tensões dos tendões cansados pela minha maneira louca de caminhar, guiar a respiração levando-a como um "fluxo de luz" (assim diz a professora) a cada parte do corpo. O que não me diz respeito, nesse espaço de tempo, isolar-me de tudo. Escutar a mim mesma, eu sozinha e basta. A conversa com Nina, porém, fez tocar um alarme na minha cabeça: a minha irmã, como nenhuma outra pessoa (e muito mais do que meus filhos), sabe adentrar em mim, grudar nos meus pensamentos. Fico remoendo, e esse pensamento ininterrupto – reflexões contínuas que de forma circular voltam mais vezes aos mesmos temas – enfraquece a ação do pilates. Um desassossego mental que eu bem conheço; e bem agora que estou pensando em ir ou não ir a Roma e deveria dispor de toda a tranquilidade necessária para me dedicar a esta possibilidade, examiná-la, dedicar-lhe minha plena atenção.

Da casa onde fomos morar quando éramos pequenas, ao deixar Genzano, via-se, das janelas dos nossos quartos, a Villa Doria Pamphili. A sacada de ferro, que conectava os quartos à cozinha, se ampliava correspondendo à sala e transformava-se num belo terraço do qual era possível ver muito do céu, e graças àquela perspectiva lateral também era possível avistar o declive dos Quatro Ventos e, no horizonte, o Gasômetro, e olhando bem, apertada entre os arbustos de espinhos secos, via-se até um pequeno pedaço do Tevere.

Com a proximidade das árvores, a asma que me atormentava havia algum tempo deu uma trégua; paradoxalmente era mais fácil para mim em Roma do que em Genzano, onde o verde abundava, mas estava mais distante. Ou quem sabe o conforto, para meus pulmões, decorria de fatores psicológicos. Eu me sentia menos vulnerável porque nosso quadro doméstico (de Nina e meu) estava encontrando uma nova forma, menos absurda, menos áspera de viver. Tratava-se, de qualquer jeito, apenas de uma melhoria relativa: mudar-me para Roma desacelerou a cadência das crises, mas não a violência dos ataques.

Eu sabia reconhecer os sintomas da asma. Uma leve dor na altura do tórax, uma pontada intercostal imperceptível no flanco, que ia ficando mais intensa pouco a pouco. E a tosse: uma tossezinha seca, golpes cada vez mais próximos e incômodos, acompanhados pela regurgitação de alimentos caso eu tivesse comido recentemente, soluços que eu não conseguia deter nem bebendo água em pequenos goles, como o médico recomendou. A tosse era o prólogo de uma crise que chegava pontualmente: o ar me faltava, os batimentos cardíacos aceleravam até enlouquecer; eu cambaleava, se estivesse em pé tinha que me apoiar à parede para não perder o equilíbrio. A bombinha de asma que ficava guardada na *nécessaire* azul-marinho na prateleira mais alta do banheiro e que Nina corria para pegar. E o medo: um medo que não me abandonava nem depois que a crise já tinha acabado, quando eu voltava a encontrar uma respiração mais normal, inspirar, expirar, os lábios abertos feito bico de pássaro – isso também – como o médico tinha recomendado. Pequenas porções de oxigênio para os meus pulmões tumultuados. Nina me apoiava: uma vez ficou mais de uma hora no quarto esperando comigo, esperava comigo até a porta voltar a ser porta e as paredes voltarem a ser paredes, Nina de novo Nina. Ela, no meio-tempo, ficava lá segurando minha testa, com a outra mão reavivava os cabelos arrumando os tufos encharcados atrás das orelhas. Experiente, capaz. "Passou, Maddi, tudo passou", sussurrando no meu ouvido pela minha irmã, como isso me acalmava.

Só tolerava ela por perto durante as minhas crises. "Eu fico com Maddalena, sei como cuidar dela", eu a ouvia dizer aos adultos. "Deixem-me sozinha com ela, por favor, de verdade", insistia – e sua forma de implorar soava como uma autoridade. Ela tinha encontrado sua técnica, uma sucessão de posturas eficazes. Ao se posicionar atrás de mim, segurava minha cintura, depois escorregava o braço para cima, em direção às costas, com a palma da sua mãozinha que exercia uma pressão sobre o diafragma no lugar em que imaginava que eu sentisse mais dor (não era eu quem indicava o lugar, era Nina, na sua empatia absoluta, que o encontrava). Naqueles momentos tão difíceis e penosos, eu confiava nela cegamente. Que cuidado ela tinha nos gestos indispensáveis da emergência, destampar a bombinha de asma, girar o cilindro e logo posicioná-la na minha boca para a inalação (minhas mãos tremiam demais, eu nunca conseguiria cumprir aquele conjunto de gestos).

Nina movia-se ruidosamente para ser sempre o centro das atenções, temperamental, imperiosa em seu protagonismo, mas nesses instantes ela se transformava.

"Como você está, Maddi?"

"Estou melhor... Um pouco melhor." Eu ainda arfava, mas já não sentia tonturas.

"Vamos lá fora, quer dar uma voltinha comigo?"

Íamos, de braços dados, primeiro a Genzano, depois à Villa Pamphili, caminhávamos no verde, o silêncio e as respirações profundas: aos poucos eu recobrava minha respiração, feliz por receber o apoio de Nina e não ser eu a dá-lo, como sempre. Variações de esquema que nos uniam mais.

Quando me mudei para a França, quase não era mais asmática. As crises eram mais espaçadas, tanto em frequência como em intensidade, e pararam completamente com o nascimento dos meus filhos. Não obstante a angústia que causavam meus impasses em respirar, aqueles momentos dramáticos tinham um efeito benéfico. Conferiam um sigilo inoxidável ao nosso pacto de irmãs. Nina era a única pessoa no mundo com quem eu podia de fato contar. Uma para a outra, éramos margens, aterros para o caos que nos víamos atravessando, aquela grande confusão à qual fomos entregues sem que ninguém perguntasse a nossa opinião. Nosso pacto era um escudo, uma carapaça.* Nos momentos de máxima fragilidade física, eu sentia isso, um pensamento distinto, claro, do corpo transmitido à alma sem passar por nenhum lugar intermediário.

---

* Há aqui um jogo de palavras intransponível para o português: a autora diz que a relação era uma carapaça, *carapace* em italiano, brincando com o título do livro *Cara Pace*, ou seja, "Cara Paz". [N. T.]

Depois, Nina voltava às suas desordens desenfreadas, eu à minha pretensão de controlar tudo, distante, porém vigilante. Na parede ao lado da minha cama, eu tinha uma foto de Gloria com nós duas. Era uma fotografia tirada por Seba, num domingo longínquo em que havíamos ido ao lago Nemi todos juntos. Ventava naquele dia, brincamos de correr uma atrás da outra perto da margem: no retrato, nós três, mãe e filhas, aparecemos despenteadas, esbaforidas, alegres. Mamãe no meio, nós duas abraçadas a ela. Eu olhava e olhava de novo aquela foto. De noite, quando ninguém me via, virada para a parede eu a encarava travando conversas comigo mesma – diálogos mudos que eram meu grande segredo.

Já acontecera de eu falar com outra fotografia; essa lembrança, agora, agitava meus pensamentos, exatamente como ocorreu naquela época. Um retrato de Gloria sozinha que – xerocado em 50 cópias – havia ficado por muitos dias pendurado nos muros de Genzano num fevereiro distante. Ela, Gloria, tinha uma aparência radiante, vestia um impermeável vermelho bem cintado, a fivela brilhante e preta como os botões. Mamãe tinha comprado aquele impermeável na via Appia Nuova, durante um passeio conosco num sábado, poucas semanas antes de ir embora para sempre. O vermelho se perdia na foto em preto e branco, fiéis à realidade só restavam o jogo de luz e o contraste e a elegância da roupa. No xerox, como uma legenda em letras maiúsculas lia-se a palavra "DESAPARECIDA", e mais embaixo, num corpo tipográfico menor, um número de telefone.

Nina e eu falamos sobre isso em diversas ocasiões, a última recentemente. A lembrança mais difícil, para ambas, seguia sendo aquela fotografia xerocada e pendurada por aí. A vergonha de pensar que muita gente iria vê-la, grudada no vidro da parada do ônibus que ia para Roma, no saguão da nossa escola, na entrada dos correios e da prefeitura, nos três cafés que davam para a praça central, na porta do centro recreativo da via delle Rose, onde jovens e velhos passavam o final de semana – até mesmo lá. O mal-estar diante do espetáculo da compaixão por parte de conhecidos, colegas, professores. De mãos dadas com a vovó Imma, na rua, mantínhamos os olhos baixos, o coração apertado pela angústia, emudecidas.

Só falávamos à noite, pouco antes de dormir.

"Onde você acha que ela está, Maddi?"

"Bem longe, acho. Mas você vai ver, a mamãe vai voltar, eu acredito."

"Como você pode ter certeza?"

"Se ela estivesse morta, nós sentiríamos. Haveria algum sinal."

"Que sinal?"

"Um sinal, tipo uma percepção mágica. Agora durma, Nina, não pense nisso..."

"Não consigo."

"Tente. Conte as pérolas do colar."

"Que colar?"

"Um que você possa imaginar: tipo aquele vermelho-coral da mamãe..."

"Mas se penso no colar, volto a pensar nela."
"É. Você tem razão."

Eu prestava atenção nas palavras, nas minhas e nas de Nina, cada palavra. Sentia intensamente a responsabilidade de protegê-la diante de qualquer coisa; ela era a minha irmã mais nova, em alguma parte na minha cabeça pulsava a obrigação imperativa de lhe garantir alguma explicação sobre a vida absurda que levávamos havia dias. Eu era o seu trâmite no mundo, era o que eu achava. Sua fortaleza. Se a mamãe não voltasse, eu dizia a mim mesma, se tivesse acontecido algo ruim e ela tivesse desaparecido para sempre, ou se não nos amasse mais e já não precisasse de nós, então eu deveria ser a mãe. Mãe de Nina e mãe de mim mesma. Fantasias aterrorizantes, audaciosas, daquele tipo de audácia que ocorre quando nos sentimos desesperados.

Gloria ligou na quinta-feira seguinte após seu desaparecimento na sexta-feira. Ligou de noite, enquanto estávamos à mesa. Um pouco antes, senti falta de ar, lutava com uma crise de asma que se aproximava – uma crise que, depois da ligação, milagrosamente, decidiu me poupar. "Mamãe lhes manda muitos beijos", Seba nos disse afobado, sentando-se de novo à mesa. "Tudo bem, agora ela não podia se demorar na ligação, ligará outra noite."

"Outra noite... Qual?" – perguntou Nina, que era boa em dissimular a raiva e a irritação polêmica por trás do sarcasmo e da meiguice desde então.

"Onde você está, mamãe? E que razão a impede de falar conosco pelo telefone?", era o que eu pensava, entretanto. A crise de asma recém-contida deixava espaço para a ansiedade. Estômago fechado, o frango *alla diavola* esfriando no prato. Nina começou a chorar e em seguida eu também; tentando nos consolar, Imma, a avó, mostrou-se inoportuna. Seba levantou-se novamente e, agora, próximo à janela piso-teto semiaberta, fumava sem se preocupar com o frio da noite invernal. As tragadas intensas, enquanto aspirava o cigarro, iam escavando pequenas fossas em suas bochechas como um sumidouro. Eu, da mesa, onde permaneci sentada, o espiava seguir o voo lento dos anéis de fumaça que do lado de fora subiam no escuro pelo ar gélido. Um homem aniquilado.

O nó de apreensão que ele tinha nos impedido de viver na última semana se desfez, sumiu, como um lastro de areia que desmoronou numa queda surda e definitiva. Gloria estava viva, sã e salva. Nossa mãe adorada. Nada de tão terrível, só havia ido embora, só isso: fugiu de casa, da sua casa, da sua família. E Seba, incrédulo, surdo àquela nossa dor que marcava o fim, uma estação final. Mamãe estava bem, a veríamos novamente. Não havia desaparecidos, nem feridos, nem perdas insuportáveis a serem aceitas. Concluía-se um pesadelo, contudo, continuava a insolvência, crescia; aquela partida de Gloria, sem aviso prévio, era apenas o primeiro sinal. Um muro começara a se desfazer e não iria parar. Nossa confiança nos adultos, era isso o que estava para acabar.

No caminho para a escola na manhã seguinte, o alívio de não ver mais a foto pendurada nos muros. Deve ter sido Seba, ao amanhecer, quem arrancou as fotocópias afixadas nos arredores, sabe-se lá com que amargo consolo no coração.

"Você viu a foto, Maddi?"

"Não, não tem mais fotos, Nina, fique tranquila."

Tudo será de novo verdadeiro, gostaria de ter lhe dito: instável, contudo viva, conosco, de carne e osso. *De carne e osso*: era isso o que buscávamos. Presença, constância, a realidade do que existe, do que é. Eu queria ter tranquilizado a minha irmã com certezas desse tipo, no entanto, eu não podia, porque o amor onipresente de Gloria seria diferente de agora em diante, um amor mais distante, menos encarnado, e era como se eu já soubesse.

"Minha querida e pequena Maddalena, você vai ver como agora tudo voltará ao normal", ouvi em voz baixa dito pela minha professora enquanto me apressava para deixar a sala de aula e me juntar aos outros colegas no pátio do recreio. Dei de ombros, fiquei quieta; sabia que nada daquilo era verdade, que nenhuma melhora se perfilava para nós. A fuga de Gloria era apenas o primeiro passo, as coisas iriam se complicar novamente. Fosse como fosse, nossa mãe não morrera, não tinha sido sequestrada, nenhuma tragédia tinha ocorrido: sentia-me poupada disso, da mesma forma quando a asma me roçava de perto, se preparava para me fechar os pulmões, sacudi-los, deixá-los estremecidos, mas no fim me poupava do suplício de outra crise.

"Minha mamãezinha, nada de ruim lhe aconteceu. Obrigada, céu, que você entende e sabe." Na cama, antes de dormir, num sussurro para que Nina não ouvisse, eu dizia minhas preces secretas para Gloria. Em mim, alívio e gratidão; em Nina, raiva, pedaços de uma dor rancorosa. "Nenhuma mãe deixaria suas filhas assim, Maddi. A nossa mãe se comportou pior que a mãe de João e Maria", sentenciou com um fio de voz. E depois de uma pausa: "Acho que nunca vou perdoá-la, quero que você saiba disso, Maddalena". Nina e suas condenações inapeláveis. Palavras como socos desferidos na altura do coração, explosões que escorregavam no espaço entre a parede e as nossas camas sobrepostas.

Na casa de Monteverde, eu tinha à disposição um quarto todo para mim, e com Gloria, com aquela foto dela junto a nós duas à beira do lago, eu podia falar sempre que tivesse vontade. A imagem de mamãe, enfim, não correspondia mais a nenhuma preocupação, pensar nela já não apertava a boca do meu estômago nem oprimia de forma alguma meus pulmões frágeis. Agora era só vazio e ausência. Agora víamos Gloria, era possível vê-la dois domingos por mês, como estabelecido pelo juiz de família. De forma intermitente e anômala, nossa mãe estava de novo conosco: ausente e sempre presente. Um meteoro, uma aparição; e, mais tarde, quando ia embora novamente, virava a rainha incontestável dos nossos pensamentos.

"Boa noite, mamãezinha." "Tchau, Gloria, mamãe beleza; tenha orgulho de mim, sou forte, se você visse como consigo nunca chorar." As conversas com as fotografias desenhavam meu mundo. Aqueles diálogos noturnos eram âncoras: ganchos contra a correnteza do destino para que não se rompesse o fio que ligava os nossos encontros, enlaçando cada um ao seu seguinte. Conversar com a foto da mamãe queria dizer esticar aquele fio, manter unidas as nossas felicidades rasgadas, e raras.

Com uma paciência ardente, eu esperava o próximo encontro. Solícita, disciplinada, ótima aluna na escola – aos domingos, nos encontros com Gloria, eu levava comigo os cadernos, orgulhosa, mostrava-lhe a ordem perfeita, comprazida com seus elogios. Ela aprovava tudo com amplos sorrisos apressados: temos que ser rápidas, parecia dizer, corridas, a respiração é curta para as nossas trocas, cada instante deve ser aproveitado, vivido, valorizado, pois é a recuperação do tempo que nos foi arrancado.

Se sinto uma necessidade tão forte de voltar a Roma é para rever os lugares, alguns de forma especial. Monteverde e a rua onde ficava a nossa casa, viale di Villa Pamphili; a *Villa* – o casarão; viale dei Quattro Venti, o ponto próximo à praça onde fica a escola que Nina e eu frequentamos. Mas também as ruas do centro pelas quais passeávamos com nosso pai e nossa mãe (com cada um deles, mas nunca juntos). Via del Governo Vecchio, que termina na piazza Pasquino; Palazzo Taverna, um espaço alto, afastado e mágico, o cascalho entre os prédios antigos, o musgo na sombra das fontes, um lugar pelo qual me apaixonei quando era adolescente fazendo dele o destino de tantos dos meus passeios solitários; a piazza Santa Maria Liberatrice em Testaccio, à qual Mylène nos levava alguns domingos para tomar sorvete, o rio atravessado num ritmo só dela, uma marcha atrás que ditava e incentivava o ritmo de nosso caminhar. E a via Borgognona, onde mamãe ia trabalhar todos os dias, por muitos anos.

O desejo de partir chegou de súbito; o porquê disso agora e com tamanha urgência, não sei dizer. Claro, é um desejo verdadeiro, nítido, que sobressai entre os pensamentos como ocorre com uma figura esboçada numa fotografia em que o resto dos detalhes está fora de foco. Agora que Gloria morreu, agora que nos deixou de uma vez por todas e desta vez de verdade, nossa infância explodida corre o risco de se apagar; faltam provas tangíveis, os cenários são diferentes, Nina, eu, Seba e até mesmo Mylène, todos vivemos noutro lugar diferente de onde vivíamos no passado. Ir para Roma é manter as lembranças vivas, impedir que esmaeçam.

"Não seja obsessiva, Maddi", Nina me diria se eu lhe confidenciasse a minha intenção de viajar. "Por que você vai? Chega de suplício! O que acabou, acabou, deixe ir embora." Pois é: diferente de mim, ela sabe fazer um corte definitivo. Tanta meditação oriental a condicionou a um "não apego", algo que já praticava por sua própria índole. Rompeu com Vittoria, com Petra, com Rebecca – suas melhores amigas em Roma. Nina cortou relações com muitas outras pessoas e o fez sempre sem maiores delongas. Sua impetuosidade e sua natureza colérica transformaram-se em gestos nítidos: fechamentos, viradas violentas, sem nunca voltar a apaziguar-se nem arrepender-se. Se ela de fato deixar Brian como me antecipou por telefone, também será bem capaz de mudar novamente de vida: deixar o Brooklyn, Nova Iorque, os Estados Unidos. Nina é um raio pelo qual eu sou arrastada. Ela é categórica, eu tento ganhar tempo, pondero julgamentos com medo de errar, não os faço com medo de me exceder, me controlo sempre.

"Espere, não se precipite desse jeito!" – eu disse isso tantas vezes para Nina e gostaria de repetir agora também. Não tenha pressa, espere; seja misericordiosa, conceda aos outros algumas possibilidades, fique você também no ritmo deles. Mas imagine se Nina me dá ouvidos: já está longe, corre em frente. Corre todos os dias porque é apaixonada por cooper, corre na vida, tanto nas decisões como nas ações.

Papai, vovó: presenças sempre parciais, tampando a única verdadeira ausência – a de Gloria, nossa mãe. Éramos levadas e buscadas da escola de forma um pouco brusca, mas cuidadas, alimentadas, acompanhadas. Eu engordei, Nina perdeu peso. Levaram-nos a um nutricionista em Ariccia, um velho com bigodes brancos e sorriso jovial. "Não é questão do quanto as meninas comem ou deixam de comer. A questão é se elas têm a liberdade de se expressar e o quanto é residual e acaba se deslocando para a alimentação", eu o ouvi dizer a papai, que, desconcertado ao ouvir aquele diagnóstico vanguardista, ficou encarando o médico sem proferir uma palavra.

    Papai é fotógrafo de casamentos. Naquela época trabalhava bastante, e muito bem, captando imagens de qualidade com rapidez, sem deixar os jovens casais esperando para ver a própria felicidade imortalizada. Demorou alguns anos para engrenar e conquistar seu objetivo. Seba Cavallari tornou-se o fotógrafo mais requisitado não só para casamentos na região de Castelli, mas também em Roma. Depois, veio o grande salto: seu nome viajava numa escala nacional.

    Quando ainda morávamos juntos, se estivesse especialmente feliz com um ensaio fotográfico, ele nos levava ao seu estúdio para mostrá-lo; queria nossa opinião, "dava-lhe força", dizia. Momentos que eu e Nina amávamos muito. O estúdio ficava no sótão da nossa casa de Genzano, para chegar até lá subíamos por uma escada retrátil – só de subir já ficávamos animadas, prenúncio de diversão iminente. Depois, sentadas no chão em meio às lâmpadas, aos tripés, às garrafas de solvente, olhávamos os *slides* que, apertando o "gatilho" num controle remoto (em formato de pistola, justamente), papai deixava passar, projetando-os na parede. "Esta!", exclamávamos Nina e eu, imperativas, apontando o dedo para a parede, quando um clique despertava nosso interesse. Então Seba "atirava" de novo com o controle remoto, dando um zoom nos detalhes para que ficassem ao alcance dos nossos olhos atentos. Captamos tudo: a alegria dos noivos, seu cansaço por trás do ar de felicidade. A expressão radiante das esposas, o semblante mais contido dos maridos. As roupas chamativas dos convidados (fazíamos sempre apostas sobre aquelas roupas, se foram compradas para a ocasião, se custaram caro ou barato). Para nós, era um verdadeiro treinamento da atenção: ambas pouco a pouco fomos ficando mais hábeis para que nada nos passasse despercebido, atentas para interpretar a alegria e o entusiasmo daqueles desconhecidos, decifrando as caretas, o caminho dos olhares, as posturas.

Nas suas soluções, papai era caprichoso, até poético. Fazia sempre um retrato dos consogros (se estivessem todos vivos, os dois casais de pais reunidos juntos); outros cliques do marido e da esposa ao lado do convidado mais velho e do mais jovem, respectivamente. Pequenas pedras preciosas de criatividade que naquele tempo se revelaram úteis em lhe dar notoriedade. Graças à palavra passada de boca em boca e ao talento de Seba para as relações públicas, chegou a ser um profissional renomado. Até aquele momento um desconhecido, Seba Cavallari finalmente tornara-se alguém que recebia contínuos convites, contratações, propostas de trabalho.

Da convivência a sós com ele (de forma contínua, não esporádica como se tornou mais tarde), as lembranças daqueles momentos no seu estúdio no sótão permanecem as mais felizes. Porém, uma participação coberta de tristeza, a nossa. Estávamos de fora da alegria que observamos nas fotografias de Seba, um ponto de chegada inatingível porque desconhecido. Unir duas vidas, dois destinos, na convicção de atá-los para sempre: alegrias assim nunca aconteceriam comigo ou com Nina, era o que achávamos.

Sim, a família pertencia aos outros, não a nós. Seba também não tinha nada a ver com a festividade daquelas cerimônias: não participava, era só testemunha, imortalizava – alguém que sabe ver a alegria, retratá-la, porque está de fora, à margem. A tarefa de papai era capturar aqueles picos de harmonia e transformá-los em imagens. As festas, para ele, eram apenas a oportunidade de receber algum elogio, muitos "obrigado", sorrisos durante as poses, livre acesso aos bufês, a oportunidade de distribuir seu cartão aos convidados esperando por futuras ocasiões, outros casamentos a serem fotografados. E só: o futuro dos casais já casados não lhe dizia respeito, nem a ele, nem a nós. A família – pensada como um projeto, um conceito, um ideal, um ponto de partida e de chegada – era uma forma distante, um desenho ao qual jamais teríamos pertencido. Uma brisa leve, talvez deliciosa, observada de longe, soprando sobre outras pessoas.

"Será que ela volta? Ela irá morar novamente conosco nesta casa?"

"Ela não vai voltar."

"E como é que você tem certeza?"

"Mamãe se apaixonou por outro homem, Nina. Aquele senhor que vimos outro dia no parque, lembra?"

"Mas por quê?"

"Porque... Porque não confiava o suficiente no papai."

Nina me encarou por muito tempo, em silêncio. Seus olhos verdes, normalmente luminosos, tinham se tingido de sombra, um verniz de melancolia deixava-os opacos. Dar-lhe aquela notícia/bomba me deixava cheia de certa satisfação tirânica: foi tão difícil entender a verdade, tanto que agora dividir com minha irmã esse peso era um alívio – obscuro e vingativo, mas uma libertação.

Como as coisas realmente estavam, foi algo que intuí pelos detalhes: fragmentos de informações recompostos na mente como pedaços de um quebra-cabeça. Primeiro detalhe, conhecer Marcos ("o senhor do parque"), me dar conta das suas atenções para com Gloria. Outro indício, uma conversa entre papai e sua mãe, Imma, ouvida do lugar em que eu estava, atrás da porta da sala na casa de Genzano.

"Ela o ama... Foi o que ela me disse, que realmente se apaixonou", dizia Seba.

"Meu deus, que víbora", ouvi minha avó responder. "Uma víbora. Mas você, Sebastiano, sinto muito dizê-lo, mas como foi ingênuo!"

"Ela pode esquecer as meninas, isso te garanto, mamãe."

"Espero que sim, pelo menos isso! Só faltava essa. Eu avisei desde o começo, você se lembra ou não? O dia em que você trouxe ela aqui em casa, logo entendi essa sua Gloria. Aqueles olhos de espertinha, de estrangeira que sabe roubar o mundo novo e deve conseguir isso a todo custo. Foi fácil imaginar que em pouco tempo ela causaria algum problema, aquela pu..."

Eu não conhecia aquela palavra, mas não importava, eu já tinha fugido para o nosso quarto, onde Nina estava na cama, meio adormecida, e rapidamente me enfiei na cama, puxei os cobertores até a cabeça e me encolhi lá embaixo, curvada, a respiração um pouco acelerada, os olhos cerrados para não ver mais nada, chega, nada mais.

Algum tempo depois, houve o funeral da vovó e nos impediram de participar. Eu, porém, me despedi de Imma naquela noite ao escutar de orelhada seu anátema. Puta? Que ninguém se atrevesse a ofender, insultar minha mãe. Ninguém podia fazê-lo.

"Conte-me como eram", Nina pediu uma vez, quando já vivíamos em Roma. Nossa diferença de idade é mínima, pouco mais de um ano, contudo, como filha mais velha, a depositária das nossas memórias perante seus olhos era (e continuo sendo) eu.

"Como eram juntos, você quer dizer? Na maior parte das vezes brigavam..."

Domingo, luz já primaveril sobre Roma, manchas cor-de-rosa espalhadas num céu azul que é um júbilo para os olhos. Abrimos as cadeiras de praia no terraço e estávamos desfrutando de um clima divino. Fazia bastante calor, Nina vestia short e camiseta, já pronta para fazer esporte, eu enrolada num quimono (Seba estivera no Japão recentemente e nos trouxera dois, o de Nina, vermelho florido, o meu, branco com losangos azuis-escuros). Diante de nós a expansão da Villa, um manto verde suntuoso e interminável, luminoso, jamais igual. Lembranças isoladas, porém nítidas, as minhas. Das brigas entre Seba e Gloria, de fato, eu só me lembrava de duas. O primeiro desentendimento foi no carro, quando íamos da região de Castelli para Roma percorrendo a via Appia. Seba ao volante, Gloria ao lado, dando-lhe as costas obstinada, ficava virada com a testa comprimida contra o vidro da janela olhando para fora. Naquele dia, vestia um casaco de pele falsa, bege, sem mangas, sobre uma blusa preta de gola alta, e leggings brilhantes por dentro da bota. Mamãe sempre estava elegante, seu aspecto, mesmo então, desconhecia o desleixo, jamais qualquer detalhe que pudesse desordenar o conjunto. Eu, pela fissura entre o meu lugar e a janela, a espiava, ela mordia os lábios para não chorar, estava contraída naquela posição virada, sempre mais encerrada em seu ressentimento. Enquanto isso, enquanto guiava, Seba começou a gritar, as mãos soltando o tempo todo o volante para gesticular, furioso. Ele jogava na cara de Gloria uma série de comportamentos que, na opinião dele, eram inadmissíveis: o tratamento demasiado frio que mamãe dispensou a alguns conhecidos que encontraram no lago no domingo anterior, sua falta às reuniões da escola, "sua ausência foi notada por todos, Gloria, entende o que significa *tutti*? Todos...". E certas respostas atravessadas que ele a ouviu dar a Imma, mãe dele, "que, até que provem o contrário, é sua sogra, mesmo eu e você não sendo casados, é alguém próxima a você... Ou não é? *Tu me entiendes o estoy equivocado?*". Papai conseguia dizer algumas palavras em espanhol para honrar as origens argentinas de Gloria, mas usava seu parco vocabulário apenas para polemizar, com o desejo explícito de provocar, quando estava bravo – como agora.

    Todas as palavras ressoavam no carro. Atrás, ao meu lado, estavam Nina e sua ansiedade, chupava a chupeta (já era grandinha, mas ainda a usava) num frenesi desesperado, apertando-a entre os dentes quase como se quisesse engoli-la. Sua apreensão pulsava como os batimentos do seu coração, era uma terceira presença também sentada no banco de trás, ouvindo conosco aquelas acusações gritadas por nosso pai contra nossa mãe. Se o significado das palavras permanecia obscuro, eu entendia claramente as intenções. O veneno das palavras de Seba e a dor de Gloria, que no meio-tempo havia parado de se segurar e só chorava, em silêncio, um leve sobressalto dos ombros, caso contrário, no limite do possível, estava atenta para que não percebêssemos, mesmo sentadas no banco de trás.

"Que cena horrível: fico com o coração apertado só de imaginá-la. E não lembro de nada mesmo, não parece estranho, Maddi?!" Nina se moveu da sacada para a cozinha, de lá voltou com dois grandes copos de coca-cola numa bandeja, fatias de limão e canudos coloridos, as pedrinhas de gelo tilintavam no trajeto até mim. "E depois? Me conta mais, por favor", ela me pediu, apoiou a bandeja no chão e voltou a se acomodar no balanço de vime, as pernas nuas, musculosas e retraídas sob as bermudas curtas.

"E depois, Maddi? Vamos..." Minha irmã era ávida por imagens distantes demais para ela e para mim, naquele momento parecia inacreditável que ela pudesse ter esquecido.

"Depois o quê? A segunda briga, é isso?"

"É."

"Foi muito mais violenta! Estávamos jantando, era sábado à noite e tinham nos autorizado a ir dormir mais tarde que o normal. Estávamos discutindo que filme assistir; uma discórdia qualquer, sem valor, que em poucos minutos não parecia nada perto da briga deles."

"Feia, de novo."

"Muito feia. Dessa vez, passaram às vias de fato..."

"Sério? Eles se bateram?"

Nina se levantou mais uma vez para pegar algo para beber, com um movimento decidido de pernas que provocara o ranger e chiar da corrente do balanço. Cansativo ter que preencher aquelas lacunas na memória da minha irmã. Sustentar aquele jogo com os papéis divididos de tal forma que só Nina tem a liberdade de esquecer.

"Papai ergueu o braço para bater em Gloria", retomei o relato, "mas ela foi rápida para se esquivar do golpe e rapidamente fugiu pelo corredor. E de lá ela gritava, xingava, 'Está louco, louco, Seba, você vê coisas que não existem... Não é como você diz... E como poderia ser? Me larga, me larga, mentiroso infeliz!'"

"Que horror...", Nina comentou enquanto balançava devagar olhando na direção da Villa em busca de paz. Eu tampouco gostaria de ter relembrado aquelas imagens, tão escuras ainda em contraste com aquela bela manhã na nossa sacada, onde cada detalhe era uma harmonia – o azul-claro do plumbago plantado por Mylène nos grandes vasos quadrados combinava perfeitamente com o lilás da glicínia na pérgula.

"... depois, ele a alcançou no corredor e jogou-se sobre ela, pegou-a pelos cabelos, sacudindo-a..."

Naquela altura, os dois gritavam, enlouquecidos de raiva. Eram tão diferentes, mas iguais na ferocidade da briga, foi o que tive tempo de pensar antes de a minha respiração, numa falta de ar, se precipitar num violento ataque de asma. Diferentes, o dia e a noite, até fisicamente: Gloria esguia, esbelta, desenraizada, um junco que oscilava na fúria da própria autodefesa; papai pequeno, mais baixo que ela, mas muito mais robusto, um corpo feito de um só facho de nervos sacudidos por uma única pulsação enquanto agarrava mamãe com uma cólera que o transformava, de repente, num homem fortíssimo, nos olhos uma expressão aterrorizada e, ao mesmo tempo, furiosa.

A bombinha de asma: abri-la, enfiar na boca a ponta mais curta, acionar logo depois da borrifação do oxigênio. Gloria agora estava ao meu lado, ainda abalada pela refrega com papai, mas ainda assim me segurava, beijando-me na testa e, com uma leve pressão do indicador e do dedo médio, massageando-me as têmporas. Nina também estava lá: um fluxo de energia quente era a presença da minha mãe e da minha irmã juntas, aquela corrente de amor unia, indivisível, nós três. "Vai passar, minha pequena", ouvi mamãe dizer, "respira fundo com a boca bem aberta, assim, Maddi, muito bem. Coragem, logo tudo isso acaba".

"Nem da minha crise de asma naquela noite você se lembra, Nina?" Bebi um gole grande da minha coca-cola e olhei para longe, lá onde a linha do horizonte se juntava ao contorno das árvores. Uma pausa daquelas lembranças difíceis, insidiosas como espinhos.

"Sim, tenho alguma imagem dela, ainda que confusa: você com falta de ar, a bombinha. Mas tudo muito vago..."

Ficamos em silêncio; diante de nós, o espetáculo da Villa, os pinheiros vistos assim do alto eram como uma única extensão de diversos tons de verde. Uma verdadeira maravilha. Pouco depois, iríamos nos despedir, Nina para ir treinar, eu para ir tocar. Agora tínhamos vidas separadas, minha irmã encontrava suas amigas sempre numerosas (demais, a meu ver), eu só me dava com uma, chamava-se Mauretta Gigli e vivia a duas quadras de nós. Às vezes, a minha misantropia me preocupava: não ter a capacidade de estar com os outros é uma limitação minha, um bloqueio que será um impedimento no futuro, eu dizia isso a mim mesma. Mas eu enfrentava, tinha aprendido a me absolver um pouco. Agora nossa vida era regular, sem atribulações, um tranquilo transcorrer do tempo no quadro da rotina imposta por Mylène; se eu sabia tratar a mim mesma com mais indulgência era também graças ao conforto que aquele ritmo rotineiro me proporcionava.

Lampejos de lembranças. Depois da briga tão áspera entre Seba e Gloria, naquele sábado à noite, um silêncio caiu sobre a casa. Nós duas adormecemos uma ao lado da outra, na cama de Nina, exaustas. A minha respiração ainda estava curta, a da minha irmã estava serena. No coração, um tumulto para ambas; a impressão e a consternação por aquela cena à qual tínhamos assistido. A união dos nossos pais se desfazia, depois daquela noite era impossível não sabê-lo.

Às vezes eu sonhava em fugir. Furtava-me das responsabilidades que, sozinha, tinha estabelecido como minhas, inventava outra existência para mim, uma outra Maddalena, distante. Distraída demais pela vida dos outros – em especial a de Nina –, eu negligenciava a minha. Sabia disso; exatamente por isso me autorizava a imaginar, de vez em quando, algumas fugas. Não pensava no futuro, não cultivava ambições. Minha única amiga, Mauretta Gigli, sonhava em ser advogada; Nina, na época, dizia querer ser diretora de cinema; Rebecca, veterinária; Petra, herborista; Vittoria, cozinheira. Eu nada, não conseguia imaginar nada para mim. Depois que Mylène estava conosco havia algum tempo, tendo-a observado longamente, eu dizia a mim mesma que, quando crescesse, eu gostaria de ter a mesma estabilidade que ela, aquela calma harmoniosa com que a via enfrentar os dias. Numas férias de Páscoa, Nina ficou em Roma com Seba e eu fui com Mylène para a França, na casa de campo dos seus pais, perto de Nantes. Poucos dias para conhecer e ouvir dentro de mim aquela outra Maddalena, a carapaça menos porosa, não dispersa nos outros, bem centrada em mim mesma. Que viver no exterior seria uma solução, deve ser algo que pensei durante aquela viagem com Mylène. Uma ideia que logo sufoquei, muito antes que pudesse ganhar forma. "Eu te vejo como diretora de escola", foi o que ouvi de Rebecca, amiga da minha irmã. Estávamos na cozinha, elas fabricavam *slime*, misturando numa cumbuca farinha e detergente para roupas, observavam crescer e inchar uma massinha gosmenta azul-clara. "Diretora de escola? E por quê? Me explica", perguntei enquanto tentava limpar com uma esponja a bancada coberta de pedaços e rebarbas da mistura nojenta feita por elas.

"Porque é como sua irmã diz", respondeu. "Quieta, quieta, com esse ar de santinha, Maddalena, você quer controlar tudo." Nina concordava, satisfeita e surpresa pela inesperada declaração de aliança. Eu corri para me refugiar na sacada. O céu estava leitoso, branco sujo, a cidade barulhenta, cansada. Uma saída. Era isso que faltava.

Gloria tinha 20 anos quando conheceu Seba Cavallari. Encontraram-se porque meu pai era o fotógrafo de um casamento celebrado no hotel em que minha mãe trabalhava como recepcionista. Por acaso, estavam lado a lado na hora do primeiro brinde dos noivos. A beleza dela atingiu Seba como um lampejo. Claro, não sei como as coisas aconteceram exatamente entre eles, mas pensei muito a respeito, e acredito que tenha ocorrido mais ou menos assim – "mais ou menos", ou seja, segundo a história que montei na minha imaginação. Ele deve ter se sentido atraído por aquela jovem maravilhosa, embora vestisse um *tailleur* anódino bege de viscose, o uniforme dos funcionários do hotel. Para ele, era um dia muito ocupado: a família da jovem era abastada, pediram "pelo menos" 300 cliques, e papai não fazia outra coisa senão mover-se de um lado para o outro na festa. Em certo momento, sentiu muita fome, um buraco no estômago o atordoava e o impedia de se concentrar. "Será que você não me ajuda a encontrar algo para mastigar?", ele perguntou a Gloria. Ela logo desceu até o subsolo, onde ficava a cozinha. Sabia o lugar de todas as coisas, em pouco tempo juntou um pouco de comida; voltou ao andar de cima carregando uma bandeja com porções do cardápio do casamento – ravióli de salmão, um assado com musse de abacate, um pedaço de bolo charlotte com frutas vermelhas. "Você é um anjo, obrigado. Você gostaria de me fazer companhia enquanto como?" Assim sentaram-se no mesmo pequeno cômodo atrás da recepção, onde Gloria comia seus almoços levados de casa com seus colegas durante as pausas.

"Você não parece italiana... De onde é?"

Minha mãe sorriu, a penumbra a ajudava a esconder o vermelho das bochechas por aquilo que soava, para ela, como um elogio. "Cheguei a Roma com os meus pais quando tinha sete anos; antes morávamos na Argentina..."

"Em que lugar da Argentina?"

"Num pequeno povoado na região de Rosário. Meu pai trabalhava na alfândega, ficou sabendo da possibilidade de uma vaga de trabalho em Roma, por meio de um colega..." Então ela se conteve: falar de si mesma a deixava sem jeito. "E você, é romano?"

"Mais romano que eu, impossível! Sou da região de Castelli, de Genzano..." E Seba desatou numa risada, sentia-se feliz por saborear aquela comida deliciosa na companhia de uma jovem belíssima.

"Você me ajuda a encontrar uma taça de champanha também?"

Tudo muito rápido, espontâneo e natural. Jogar conversa fora, gostar um do outro, trocar telefones. Ir a uma pizzaria, dar um beijo na hora de se despedir, transar no encontro seguinte. Seba se apaixonou sem reservas. Ele já havia notado os vestígios mais evidentes da natureza de Gloria – o quanto era hipersensível, autoritária até no excesso de delicadeza; por trás da fachada composta, era tomada de humores contrastantes, mutáveis, a mesma personalidade difícil que minha irmã herdou.

Um físico que o enlouquecia, as pernas de Gloria, longas e lisas, trampolins para um prazer completamente novo. O verde dos olhos, mais claro e aguado depois que faziam amor. Ela o acalmava, o preenchia. Até seu desassossego era gratificante; em pouco tempo, Seba já tinha o desejo de irem morar juntos.

Fui concebida em Veneza, durante um feriado de Finados. Seba e Gloria fizeram uma parada lá depois que meu pai trabalhou em Chioggia tirando fotos num casamento de luxo. Fora uma estadia breve e muito romântica, numa pequena pensão atrás do Campo Santa Margherita – contou-me mamãe quando eu ainda era pequena, mas já conseguia ouvir e absorver suas recordações, os arrependimentos, a ambivalência de certas saudades suas. Não fui uma filha planejada, mas, desde cedo, meus pais ficaram felizes de estarem à minha espera, ambos, assim ela me garantiu. Nasci no verão, numa tarde muito quente de julho. O trabalho de parto foi longo e nada fácil. Um dos meus bracinhos estava dobrado, a curva do cotovelo obstruía a passagem. Para evitar uma possível fratura da clavícula, tentaram me virar de lado. Depois de muitas tentativas, ao chegar o período expulsivo, Gloria estava sem forças, minhas primeiras semanas de vida foram para ela um tremendo gasto de energia. Era jovem, saudável, cheia de leite, mas exausta.

Catorze meses mais tarde chegou Nina. Considerando a experiência difícil do parto anterior, o ginecologista e a obstetra impuseram a Gloria uma cesariana. Tudo fácil e rápido dessa vez. Mamãe tinha menos leite, Nina foi amamentada só até os quatro meses. O nascimento da segunda filha, acontecimento feliz que deveria ter consolidado a estabilidade conjugal, pelo contrário, creio que abriu um sulco de desentendimento irreversível entre ela e Seba, como ocorre com muitos casais. Estava encenado entre eles um fingimento cada vez mais penoso para ambos. Viviam juntos, mas a cada dia cada um deles estava mais ciente de não ser adequado para o outro, não compatível; aos poucos se deram conta de terem feito um erro dramático ao se juntarem tão profundamente. Ali estava o equívoco, aquele grande equívoco do qual somos o fruto, eu ainda mais do que Nina: ela pelo menos havia sido desejada, eu cheguei por acaso – por um destino feliz, sem preocupações, mas casual.

Já não vivíamos em Roma, mas em Genzano. Um mundo pequeno que em pouco tempo foi sentido por Gloria como mesquinho, fofoqueiro e invejoso. Seba a deixava sozinha com frequência, viajava a trabalho, agora era chamado para fotografar casamentos em todas as partes, até no norte da Itália. Entrara em contato – logo consolidando uma colaboração – com um bufê de casamentos que trabalhava na Lombardia, no Veneto e, mais tarde, também no Piemonte. Viajava sempre e quando estava em casa sentia-se entediado por não trabalhar, ficava ansioso, arranjava desculpas para ir a Roma, onde passava o dia inteiro. Voltava tarde da noite, cansado, taciturno, mal-humorado. Ficava mudando os canais até encontrar o programa certo, em alguns minutos fechava os olhos e desmoronava. "Força, Seba, vai para a cama, você não vê que está cansado e acabado?" Imagino que Gloria dissesse isso todas as vezes enquanto o sacudia sem muita delicadeza para acordá-lo. Nós já estávamos na cama havia tempo; na casa tomada pelo silêncio, Gloria ficava sozinha diante da televisão ligada, ouvia amadurecer o isolamento dentro de si, a melancolia, uma indolência sofrida e envenenada. A cada dia que passava sentia-se mais frágil, fora de lugar; enquanto percebia a solidão de ser estrangeira, não acolhida por Seba, nem pela mãe dele, nem naquela Genzano pequena demais para que mesmo um só dos seus desejos pudesse se realizar.

Após o nascimento de Nina, os dias se tornaram ainda mais longos para mamãe, pareciam pesados, simplesmente não passavam. Sobretudo as manhãs deviam ser intermináveis: ela ia para um pequeno parque em Genzano, sentava-se num banquinho, o braço logo enrijecido de tanto balançar o carrinho duplo, dentro estávamos Nina e eu. Ela tentava enganar o tempo, folheava revistas femininas, obstinada, tentava ler pela centésima vez *A mulher de gesso*, um romance que havia comprado na banca da Estação Termini, tinha começado a leitura meses antes, mas não conseguia terminar. Sentia um tédio mortal: o pior era que sabia disso, estava completamente consciente.

De vez em quando nos deixava com nossa avó e ia de carro até o lago em Albano. É como se eu pudesse vê-la; estacionava na terra batida a poucos metros da água, depois caminhava depressa pela orla ou quase correndo. Respirava fundo e marchava, o olhar fixo em direção ao horizonte perto demais da margem oposta. Tudo a oprimia, fora e dentro. "Mereço mais do que isso", era o que minha mãe dizia a si mesma durante aqueles passeios cheios de exasperação. Merecia sim: mais conforto, e liberdade, e também felicidade. Espaços amplos, diferentes daquelas calçadas estreitas em que morava sem tê-lo desejado. Não amava Seba, agora tinha a impressão de não tê-lo amado nunca. E ao pensar isso sentia ainda mais falta de ar.

"Posso te ligar?"

"Ok, daqui a 20 minutos."

Duas mensagens de WhatsApp para marcar uma ligação telefônica. Sempre rápidas para nos entendermos, as duas. Desço, me parece mais prudente: Valentina, minha filha, já voltou e está andando pela casa sem saber direito o que fazer e quando se sente entediada é fácil vir bisbilhotar minha vida. De repente fica curiosa sobre mim, que não costumo lhe depertar o menor interesse. Melhor sair com um pretexto – tenho a necessidade de falar livremente com minha irmã, sem correr o risco de que alguém escute. Assim escondo o telefone na blusa e desço para o pátio do prédio, um triângulo recortado entre as paredes acinzentadas da parte interna, muitas plantas em vasos, vestígios de luz sobre as folhas e as flores, agora que está de tarde e há sol.

"Brian está mal, Maddi. Muito mal; não suporta a ideia de ser deixado por mim."

"Pois... Eu esperava isso, sabe? Não pode achar que as coisas irão terminar quando e como você decidir. Não se corta de uma vez uma relação porque te deu na telha." Falo com uma austeridade exagerada, me dou conta disso, mas o fato é que sinto uma simpatia sincera por Brian, sinto afeto por ele e a circunstância me ajuda a entender. Ele deve se sentir muito mal por ter sido largado daquele jeito – não consigo evitar de manifestar para Nina algum sinal do meu desconcerto. Sinto pena de Brian e quero que ela saiba.

"Ele está mal, Maddi, de verdade, está com um aspecto ruim; me lembra o papai quando vinha para Roma e estava tão pra baixo que eu não suportava sua presença... Hoje ele até chorou enquanto conversávamos. Estávamos sentados num pub, sabe aquele na Montague Street, em frente à galeria..."

Não sei, não. Gostaria de dizer a Nina que deixar alguém desse jeito, de uma hora para outra, sem dar explicações, é destrutivo – não exatamente, mas era quase como o gesto da nossa mãe quando foi embora sem dar notícias por uma semana. Encorajá-la a entender que Brian é um homem de valor, com certeza o melhor que ela já encontrou, sabe-se lá se e quando poderá acontecer-lhe de encontrar outro como ele. Com a idade dela, deveria ter aprendido a se colocar no lugar dos outros: entender as situações e as pessoas, ser mais paciente, ter mais compaixão.

Gostaria de me expressar, mas não digo nada. "Já foi correr hoje?", é o que pergunto. "Você precisa se cuidar, Nina, é sempre a melhor coisa a fazer nos momentos difíceis. Lembra o que dizia Mylène? *Muito sofrimento, muito esporte.*"

Rimos, dos dois lados do mundo; nós tão próximas por essa sintonia sempre capaz de se renovar, se regenerar cancelando toda a distância. "Sim, claro, imagina se não iria correr: meus 40 minutos de voltas no Prospect Park ninguém me tira, fique tranquila, Maddi. Pode cair o mundo, mas disso não abro mão."

Enquanto subo os cinco andares a pé, sinto, sob a manga da blusa, a vibração de várias mensagens seguidas, rajadas de comunicação compulsiva enviadas a intervalos mínimos entre uma e outra. Rolo a tela do WhatsApp antes de pôr a chave na fechadura para entrar em casa: emoji de corredor, corações lilases e verdes, mãos unidas em prece. Sorrio; algum progresso Nina fez, no passado ela nunca teria sintetizado seus dramas amorosos desse jeito – nunca, no passado, fora capaz de tamanha ironia. Eu também lhe envio um coração, vermelho e flamejante. Vale está tocando "My funny Valentine" no piano, é a música "dela". Sento-me ao seu lado e continuamos a quatro mãos, um daqueles momentos que são só nossos e fazem com que nos reencontremos por um momento distantes anos-luz das nossas brigas chatas e contínuas. Porém, mesmo enquanto toco e depois, durante o jantar, quando dou risada com meus filhos e com Pierre e falo de outras coisas, o pensamento sobre minha irmã não me deixa.

Marcos era o primo de Angela, a mulher que tinha sido a ama de leite de Gloria em Pérez, o subúrbio de casas baixas cobertas de chapas de metal a poucos quilômetros de Rosário, onde ela nasceu. Minha avó não tivera leite e minha mãe fora entregue àquela mulher, fora nutrida pelo seio dela. O contato entre as duas nunca havia se interrompido, mesmo depois da mudança da minha mãe com a família para a Itália. Depois, um dia em Genzano, chegara uma carta de Angela. Dizia que um primo seu iria passar um mês em Roma, e pedia a Gloria para que o encontrasse, pois ele traria presentes para nós.

Quantas vezes imaginei o desabrochar daquele amor da minha mãe, do mesmo jeito como imaginei a união entre Gloria e Seba.

"Claro que vou encontrá-lo, com muito prazer!", escrevera mamãe na carta em resposta enviada a Pérez. Palavras escritas sem pensar demais, tomadas por um estranho entusiasmo e presságio. Quando enfim o primo de Angela ligou, ela marcou um encontro no Largo Argentina, em frente ao teatro. Dois argentinos que se encontravam no Largo Argentina: sorriu, mais tarde, ao notar a coincidência. Nós ficamos em Genzano com Imma, nossa avó. Gloria via Roma de novo depois de quase um ano. Descera do ônibus na Estação Termini e caminhara. Tudo lhe parecia bonito. Era setembro, o sol dourado refletia sobre as fachadas dos edifícios. Sim, aquilo que via era resplandecente; resplandecente e perdido: sentia sua vida romana distante, inalcançável, o trajeto até o Largo Argentina era um balanço de melancolia e alegria, de lembranças agradáveis sobrepujadas por um sentimento doloroso, uma dor sutil pela qual sentia não haver remédio.

"*Ciao.*"

"Oi para você." Aquela resposta lhe provocou uma risada, mais do que pelas palavras era ele, um jovem, quem lhe transmitia alegria. Tímido, os olhos pretos como carvão, tão escuros que parecia que Gloria nunca havia visto igual.

Naquele dia, minha mãe antes acompanhou Marcos ao Fórum Romano, depois ao Pincio. Perfeita na arte de cicеronear: conhecia as ruas, cada canto, os desfiladeiros, as curiosidades, os percursos mais breves. Seu espanhol era precário, por isso se comunicavam pouco, mas sentiam-se felizes por estarem bem juntos, o percalço de suas trocas os divertia. "Veja, aqui, antes, havia muitos gatos" – dissera Gloria indicando o quadrilátero de ruínas no meio do Largo Argentina – "depois os tiraram daqui, sujavam demais." Ele franzira as sobrancelhas (eram espessas, pretas), "*no entiendo*", balbuciara perdido, depois abrira um sorriso amplo que mostrava os dentes brancos e perfeitos.

"Gatos... miau!" Gloria se esforçara para explicar, com o indicador e o dedo médio colocados em "v" em cima da cabeça para imitar as orelhas felinas. Requebrara imitando o gesto de mover um rabo imaginário, e a graça e a sensualidade com que movia o traseiro provocaram o olhar de muitos passantes – as nádegas da minha mãe, como as de Nina: sensacionais.

Marcos caiu na risada: "*Ah! Gatos! Yo lo sabía, pero no estaba cierto!*" Havia pensado neles, mas não tinha certeza. Gloria sentia-se feliz por vê-lo tão entusiasmado, uma alegria de juventude contagiosa, sem freios, a primeira brisa de leveza depois de sabe-se lá quanto tempo. Uma primeira faísca do seu enamoramento tinha se acendido naquele instante preciso, enquanto ria e olhava-o perdendo-se cada vez mais naqueles olhos pretos.

Viram-se na tarde seguinte e o quanto lhes foi possível nos dias posteriores. Para justificar suas ausências repetidas, Gloria adotara a mesma desculpa que dera para Seba, por telefone (Seba estava em Milão, dormia por lá alguns dias enquanto terminava um panfleto promocional que lhe fora encomendado pela empresa de *catering*). Gloria dizia que havia encontrado um trabalho como guia turística substituta e que por alguns dias ficaria no lugar de uma conhecida sua que estava de licença-maternidade. "E o que é que você sabe sobre Roma, sobre a história da cidade?", perguntara Seba desprezando-a um pouco durante a ligação. Queria feri-la, mas ela não se importava com isso; a mentira, no fundo, não era completamente uma mentira, pois mamãe estava ciceroneando por todos os cantos naqueles dias e fazendo-o de um jeito fantástico.

"*Ruinas*", "*parque*", "*puesta de sol*", "*billete*": Marcos ensinou a Gloria novas palavras em espanhol. Termos que ela devia ter ouvido quando criança, mas esquecido, e que havia então decorado rapidamente, depois se divertia ao repeti-los; lascas da sua língua materna que lhe davam alegria só de serem balbuciadas.

Gloria nos levou consigo em um daqueles encontros. Ocorreu num sábado à tarde, no parque da piazza dei Re di Roma, na via Appia. De longe, vendo Marcos, intuí imediatamente que era ele. "Um amigo meu vai passar para nos cumprimentar", disse mamãe quando ainda estávamos no ônibus em direção a Roma. "Não fala italiano" – acrescentou, olhando para si num minúsculo espelho extraído da bolsa e alongando seus cílios com a escova do rímel – "é muito gentil, sejam gentis com ele, gentis e educadas, meninas: é importante para mim".

Marcos pareceu-me bonito, com algo estranhamente familiar em seu aspecto. Vestia calça jeans e por cima uma jaqueta preta de couro macio que escorregava sobre seus ombros. Jovem, cheio de energia: logo notei as sobrancelhas grossas, o vinco da boca, amargo ou triste – difícil dizer –, claro, um semblante que revelava experiência, conhecimento precoce da vida. Impressões que foram registradas logo antes que Nina tomasse a cena para si fazendo um dos seus caprichos, daqueles que eram antecipados por uma manha histérica bem estudada para chamar atenção. Minha irmã havia começado sorrindo, depois rindo, e aos poucos foi ficando cada vez mais nervosa. Puxava meus cabelos, puxava o casaco da mamãe, nos empurrava irrequieta para que lhe déssemos atenção. "O que você está fazendo, Nina, não vê que assim dói?", gritou minha mãe enquanto a arrancava dos brinquedos do parquinho para onde, no meio tempo, minha irmã conseguira fugir; havia também se jogado sobre um garotinho para lhe roubar os biscoitos que ele comia na maior tranquilidade, sentado no chão, perto dos balanços. A mãe do garotinho interviera, Gloria consternada pediu-lhe desculpas. Marcos acompanhara a cena toda de fora, de pé, atrás de um banco; com sua jaqueta de couro escuro e o rosto com a barba por fazer, parecia um motociclista descansando de uma viagem. Tímido, porque respeitoso: a vida de Gloria enquanto mãe não lhe dizia respeito, e aquela certa distância que tinha mantido naquele dia se manteria igual para sempre. Naquele primeiro encontro, eu sentira seu caráter forte; talvez algum fechamento em relação aos outros, uma introversão, mas em relação à mamãe um sentimento verdadeiro, profundo, de autêntica dedicação. Ainda ficamos um tempo no parque. Quando Nina se acalmou, começamos a descer por um escorregador, um trambolho vermelho e enferrujado no limiar da área de brincar. Gritinhos sôfregos de medo do pulo no vazio escorregando sobre a chapa metálica, as pernas tensionadas, prontas para pularem sobre o linóleo áspero e depois correrem para recomeçar tudo de novo. Depois, o balanço do qual Nina caiu, abrindo um joelho, e seus gritos agudos nos preocuparam pensando que ocorrera um ferimento grave. Não foi, mas sangrava e a mamãe queria correr em busca de algo para desinfetar. Então vi Marcos, que não percebera os olhares aterradores de Nina entre seus soluços, segurar Gloria apertando-lhe um braço, fazendo-lhe um carinho tenro nas bochechas, sussurrando-lhe algo incompreensível em espanhol. Dizia-lhe que ele iria até a farmácia, para voltar mais rápido, e que ela poderia ficar esperando conosco, para que cuidasse de acalmar Nina e ela não tivesse medo. Quanta gratidão vi brilhar nos olhos da minha mãe: ela realmente se entregava àquele homem, obedecia ao seu chamado. A corrente de amor que passava entre eles naquele primeiro encontro já era muito clara.

Ela deixaria Genzano, a casa, nós, umas semanas mais tarde. Eu poderia ter adivinhado, naquele dia no parque, que seria Marcos a lhe dar a força para ir embora. Porque Marcos foi um porto para a mamãe daquele momento em diante. Sua raiz na forma de novas asas. Regressar, atracar. Voltar. Logo após sua fuga de casa, Gloria partiu com ele para uma viagem de seis meses à Argentina.

Por decisão de papai, não pudemos participar do funeral de nossa avó. Passamos em casa a manhã das exéquias, Nina e eu, sob os cuidados de uma garota de Genzano. "Não era certo", dizia. Contudo, naquele dia, estávamos loucas de vontade de brincar. A garota entendera, havia sido boazinha em deixar que nos divertíssemos, sem omitir a gravidade do momento. Mais tarde, nós no chão, desenhando concentradas sobre papéis pregados no tapete com fita adesiva: "mas vocês, meninas", nos disse, ao ver-nos fechadas, taciturnas, excessivamente tímidas, "devem fazer aquilo que quiserem. São *livres*". Era muito jovem, pouco mais do que uma garotinha: de nós, do fato de estarmos deslocadas por aquela perda repentina, pelo transtorno que a nossa vida já era e mais ainda estava prestes a se tornar, ela, claro, sabia pouco e não podia entender quase nada. Contudo, tivera sucesso no que fora sua intenção: instilar-nos autoestima, mostrar-nos um caminho para a autonomia. Encouraçar-se: tratava-se disso, ainda éramos pequenas, mas já tínhamos que aprender. Nossa condição anômala devia ser carregada como se faz com uma estranha característica física, com o mesmo orgulho e impassibilidade.

Naquele dia, encontrávamos os parentes de Seba que vieram para o funeral de Imma, primos de primeiro e segundo graus.

Um chegava de Milão, era corcunda, frágil, muito velho e realmente condoído. Os outros vinham do interior, dos arredores de Ferrara, onde moravam em casas geminadas, feitas a partir do desmembramento daquilo que antigamente fora uma propriedade colonial. Imma era a parente mais rica deles, a única que fizera um bom casamento (nosso avô Michele Cavallari fora um militar de carreira). Agora aqueles primos acampavam na nossa sala, sentiam-se desconfortáveis e intimidados, mas mesmo assim eram invasivos, falavam com Seba com um tom de falso desapego que encontrava somente o desalento de papai. "O que querem? Por que não nos deixam em paz?", perguntava Nina numa sibilação raivosa (um xingamento, mais do que uma pergunta) quando íamos juntas ao banheiro. Eu, para deixá-la mais calma, pegava na sua mão, não soltava nem mesmo enquanto ela fazia xixi. Frágeis, expostas demais nós duas. Os parentes ainda permaneceram o tempo suficiente para tomarem um café, depois, ao irem embora, se despediram com sorrisos distraídos em direção a nós, com olhares tortos em direção a papai expressando piedade pelo Seba, filho da Imma, e preocupação e desaprovação pelo Seba marido e pai – mas como era possível, a mãe das meninas deixá-los desse jeito e ir embora?

A mesma babá voltara a passar as tardes e noites conosco. Papai só estava em casa à noite, quase nunca nos finais de semana, pois estava sempre muito ocupado com o trabalho. Como se não houvesse mais ninguém; nós sozinhas, perdidas num vazio desconhecido e vasto demais. O que ainda poderia nos acontecer?

Abaladas pelo excesso de acontecimentos, eu e Nina vivíamos o tempo todo em alerta. A asma me cercava, eu a encarava com dificuldade e me esquivava de possíveis crises. Como estávamos sempre nervosas, brigávamos com muita frequência.

Quando estava mais exasperada, Nina começava a praguejar. "Por que é tudo tão absurdo para nós duas?", me perguntava, mas como para qualquer outra forma de autocomiseração eu sabia que a pergunta, no fundo, era para os nossos pais. "Fomos nós que pedimos para estarmos assim tão sozinhas, não nos encontrarmos todos para o jantar, não ter almoços de domingo nem férias de verão com a família, como todos os outros? Hein, me conta? Por favor, Maddi, de verdade, me diga você, porque eu não entendo." E retorcia as mãos de raiva e desconforto, rangia os dentes, chorava e imediatamente secava as lágrimas fazendo gestos bruscos com as mãos. Uma noite, ainda em Genzano, estávamos sozinhas na sala, a vovó havia morrido fazia pouco menos de um mês. Na casa, havia um silêncio profundo, espesso, que ressoava em todos os cômodos. Nina já estava de cara fechada havia algum tempo, e então, sem razão aparente, começara, entre choro e soluços, a rasgar as cortinas, cortinas de organza de seda lilás costuradas por Imma, dilacerava-as com as unhas depois de puxá-las para baixo, o tecido se desfiava e perdia o gancho que as sustentava no varão, caiu no chão fazendo montes de tecido flácido violeta, estragado para sempre. "Nina, o que você está fazendo, está louca?!" Era muito difícil deixá-la sozinha naquele estado, ir ao andar de cima e procurar a babá. "Se você puder descer, por favor, minha irmã está tendo uma crise..."

Nós duas, sozinhas, pagamos um preço alto demais.

"Olha o que aconteceu, Maddi, e em tão pouco tempo...", Nina me disse numa manhã enquanto nos preparávamos para ir à escola. O olhar se erguia dos sapatos que ela estava amarrando, ela apontou para mim aqueles seus olhos verdes implacáveis, uma advertência severa para que eu prestasse atenção nela, deixasse o resto para lá, qualquer outra ocupação, para seguir a ela e seus raciocínios.

"O que aconteceu?" Fingir ingenuidade, para mim, era como manter a pacatez.

"Até o dia em que mamãe partiu, ainda éramos uma família, mas agora..."

"Agora...?"

"Agora somos órfãs sem sê-lo."

Aquilo foi muito bem colocado, era mesmo assim. Tudo na nossa situação tinha algo de excessivo, de desmedido. Desde que Gloria havia partido nos arrastávamos num deserto, essa era a verdade, perdidas num baixio de terra queimada sem conforto algum, sedentas, e a única reserva de água era nossa aliança.

"Para mim, vou te dizer, seria muito melhor se vivêssemos sozinhas", me confidenciou um dia enquanto estávamos indo para a escola, durante o trajeto proibido aos automóveis que nos permitia não caminhar em fila. Havia previsão de chuva forte, avançávamos com galochas coloridas nos pés que se dobravam a cada passo, produzindo esguichos engraçados. Na noite anterior, a babá teve um piti porque não sabíamos pentear direito os cabelos sozinhas. "Vou falar para o senhor Seba, se vocês continuarem assim, eu não volto mais, e aí quero ver como ele vai conseguir se organizar", nós a ouvimos nos ameaçar com uma raiva tranquila, cruel. Fomos dormir sem nos dar boa-noite, cada uma com seu coração apertado como um punho pulsando por dentro, cada uma com sua carga de apreensão.

"Ainda somos pequenas, concordo, Maddi, eu sei; mas veja bem, cuidar de nós mesmas é só uma coisa a aprender. Tudo seria melhor, tenho certeza: a vida seria mais bonita e mais fácil, mais *nossa*."

"Mas o papai se esforça para estar presente, Nina, isso devemos reconhecer, né."

"Estar presente? Isso seria uma presença para você?"

Diálogos absurdos, desproporcionais, esses também eram desmedidos. Era nossa a responsabilidade de não chorar, não ter pena de nós mesmas, não deixar o desgosto vencer. Eu falava para mim mesma e as mesmas coisas eu repetia para Nina. Eu era a irmã/fortaleza, era minha obrigação revestir de normalidade a anormalidade. Mas, na verdade, eu também me atarantava, talvez até mais do que ela.

Naquele espaço exíguo entre a cama e a parede, nossas vozes se seguiam todas as noites.

"Quem é que decide nosso ritmo, Maddi?"

"*A gente grande* decide."

"*A gente grande...*? Não tem gente grande aqui."

"O que é o papai, Nina?"

"Papai? Um cara inquieto. Nada mais do que isso, nada de grande... E tem outra coisa: por que a mamãe não ligou sequer uma vez desde que foi viajar?"

"Talvez seja difícil telefonar de lá de onde ela está... de toda forma, ela vai ligar, Nina, você vai ver. Mamãe é assim: parece que não, mas ela sempre está presente. Agora vamos dormir! Boa noite."

"Boa noite, Maddi, bons sonhos. Ainda bem que você existe. Você é grande, a única grande."

Se tivesse seguido o meu impulso, eu teria descido da minha cama para a de baixo e teria me deitado ao lado de Nina; teríamos adormecido juntas, pedras ninadas pela mesma incerta marulhada. Em vez disso, permaneci imóvel, encolhida debaixo dos cobertores, virada para a parede falando com a fotografia da mamãe e de nós no lago. Uma fortaleza não se mexe; alinhada, imóvel, só assim teria conseguido sustentar tanto Nina como a mim mesma.

Seba escolhera o Giolitti como local para sua propaganda, o café romano famoso no mundo inteiro pelo sorvete. Da região do Lungotevere, onde havia estacionado o carro, até o Panteão e depois ao Montecitório, caminhamos próximos, Nina e eu seguradas pela mão, ele estava no meio. Em silêncio, nós duas de cara feia e contrariadas como cada vez mais acontecia nos últimos tempos – desde que tudo não era outra coisa senão mudança, uma sucessão de babás, passagem de molhos de chaves e de lancheiras contendo almoços, lanchinhos, programações de horários, mudanças de datas, novos acordos cotidianos recalibrados continuamente. Estávamos contrariadas, mas também contentes, naquele domingo à tarde: se nos levava assim, Seba, com o passo rápido, segurando firme e calorosamente as mãos, havia algo de bom.

Na grande sala do café – lotada naquela tarde invernal – pedi um chocolate quente com chantili e Nina uma taça de sorvete de frutas mistas. Açúcar para prevenir o amargor que, contra qualquer expectativa, seria derramado logo em seguida sobre nós. Papai falava em voz baixa, ao nosso redor havia muito barulho e era difícil acompanhar o que ele dizia, fomos obrigadas a aproximar as cadeiras à mesa para observar o movimento dos seus lábios e entender o que dizia.

Solene, sério, dirigia-se a nós como se já fossemos moças, já crescidas. Eu já tinha mandado goela abaixo meu chocolate fervendo, queimara a língua; Nina, ao contrário, lambia devagar o seu sorvete, eu o via derreter pelos veios da taça de vidro formando um lago de cores variadas sobre o guardanapo. Ostentava sua fleuma com uma teimosa coqueteria, mas eu sabia – é minha irmã, eu sabia – que se fazia tudo tão devagar era pela ansiedade transmitida pelas palavras de papai, preocupado em nos explicar como as coisas estavam ficando. Disse que vovó havia nos deixado uma herança, em seguida perguntou-nos se sabíamos o que aquilo queria dizer. Não, não sabíamos, "ou pelo menos, não exatamente", destaquei, comportando-me como gente grande. "Quer dizer que o dinheiro é para vocês duas, só vocês duas; e porque ainda são pequenas e a decisão de como usar esse dinheiro está nas minhas mãos, que sou filho dela e pai de vocês..."

"... Então?", atravessou Nina, preocupadíssima por trás do ar arrogante.

"Então o dinheiro", Seba acrescentou depois de um golão de gim tônica trazido com nossos pedidos, "servirá para comprar uma casa em Roma. Uma casa para vocês. Acredito que sobrará algum dinheiro e com ele vou contratar alguém."

"Alguém... quem?", perguntara de novo Nina, cada vez mais desorientada.

"Uma pessoa, ainda não pensei sobre isso... Mas será uma pessoa fantástica, isso posso lhes garantir, meninas."

"Em que sentido uma pessoa fantástica?", insistiu minha irmã, enquanto eu, num gesto maternal, esfregava o guardanapo para limpar o bigode de sorvete das bochechas dela.

"Uma garota jovem, simpática, que saiba estar com vocês de um jeito divertido."

"Que seja boa, divertida": parecia estar ouvindo de novo a musiquinha da *Mary Poppins* – eu e Nina tínhamos assistido novamente ao filme havia pouco tempo, não sei se pela quinta ou sexta vez.

"Não entendo. Por que deveria vir uma pessoa fixa a estar conosco, não podem continuar as babás?" Com seu jeito inquieto, às vezes, era Nina quem parecia a primogênita, não eu.

Ela cruzava e descruzava as pernas e com a colher eu ia recolhendo o pouco de chocolate quente que sobrava na xícara. A sala do café Giolitti acabava de esvaziar, mesmo assim, o barulho ao redor continuava ensurdecedor. Uma pontada entre as costelas me fizera temer um ataque de asma, mas por sorte fui poupada. Eu estava lá um pouco abobada olhando Seba arrumar os cabelos, seguido de um tique seu que ocorre quando, como naquele momento, está nervoso – salta uma veia na têmpora direita. "Eu logo terei de ir embora para trabalhar, meninas. Voltarei todos os finais de semana, isso é certo; mas enfim, vocês precisam saber que por algum tempo, de segunda a sexta, eu estarei em Milão."

"Mas espera aí, algum tempo... quanto, papai?"

Dessa vez falei eu, jogando para trás o retrogosto ácido do chocolate e me esforçando para manter sob controle a respiração alterada e aquele batimento acelerado do coração que me preocupava.

Um longo silêncio. Seba havia assoado o nariz, olhou ao redor, tomou seu tempo, inclinou seu copo para recolher as últimas gotas do seu drinque e tomá-las. "Um certo tempo, Maddalena: três, quatro, talvez seis meses... talvez algo a mais, é difícil prever com exatidão."

A verdade. A verdade cala. No momento de sair da sala, os frequentadores do café Giolitti eram novamente numerosos:

italianos, mas também estrangeiros, aos montes, esperando com paciência sua vez para pedir um sorvete. Muitas famílias – famílias de verdade, não como a nossa. O domingo à tarde era das famílias felizes.

Eram os dias mais curtos e escuros do ano, não eram nem cinco da tarde e, do lado de fora, já estava tudo escuro; e não pensávamos em fazer mais perguntas, nenhuma de nós, um nó de choro trancava a garganta e tive que ficar muito atenta para me controlar, para não explodir.

"E a mamãe?", perguntou Nina quando ainda estávamos na sala do café, prontas para vestirmos os casacos, enquanto Seba pagava a conta, deixando ao garçom incrédulo uma gorjeta de 20 mil liras.

"Gloria logo voltará da sua viagem e virá visitá-las... Falta pouco, meninas, um pouco de paciência e as coisas encontrarão novamente o próprio ritmo, vocês vão ver..."

Virá nos visitar. O que quer dizer "virá nos visitar"? Tudo estranho, anômalo; contudo, claro como o dia. Teríamos uma casa nossa, um lugar para nós sem os nossos pais. Chegaríamos à maioridade muitos anos antes. Criadas por uma governanta contratada para salvar as aparências, mas de fato abandonadas. Órfãs sem sê-lo.

Claro como o dia; mas sem nenhum raio de sol. Pelo contrário, inverno escuro. O trajeto para voltar ao carro era o mesmo da ida, mas o estado de espírito com o qual o percorremos era o oposto. Nenhuma expectativa, nenhum horizonte feliz para representar na mente. Nina não falava, segurava a mão de papai e se deixava levar por ele sem nunca cruzar o meu olhar. Eu, com cuidado para não tropeçar, olhava fixamente os paralelepípedos, a lã da meia pinicava minhas pernas, o frio no meu rosto também arranhava, ainda que estivesse protegido pelo cachecol. Queria minha mamãe, só ela; ouvir as mesmas coisas, anunciar as mesmas novidades, mas da boca de Gloria, com o tom melódico da voz dela, como nenhuma outra pessoa era capaz de me dar segurança. "Só confio em você, mamãe", dizia-lhe em meus pensamentos e em silêncio continuei fazendo-lhe aquela declaração na viagem de carro até Genzano. Havia começado a chover com força, os limpadores de para-brisa deslizavam rápidos espirrando pequenas quedas d'água nos espelhos laterais. Papai ligou o rádio, o silêncio na cabine devia parecer-lhe insustentável, ele, como nós, estava muito cansado daquela longa tarde. Nenhum comentário nos bancos traseiros. Estávamos exaustas, vazias de palavras e de reações.

Voltarei ao café Giolitti, se for a Roma. É um lugar de que gosto porque me traz lembranças: não só o momento difícil com nosso pai, também lembranças com Gloria naquele mesmo café, com Mylène. Uma vez fomos sozinhas, Nina e eu, ao Giolitti. Eu estava prestes a partir para Paris e queríamos brindar; felizes de nos encontrarmos lá, juntas, as luzes esmaecidas e o ar antigo do salão não conseguiram nos fazer sentir melancólicas. "Boa viagem, irmãzinha", disse-me Nina, olhos nos olhos, os seus brilhando de tão verdes. Pensativa, acenei com a cabeça; a questão era se teríamos dado conta de estarmos distantes – pairava aquela dúvida em nosso brinde.

Estarei novamente em Roma e os lugares serão diferentes de como eu os lembrava, mais banais, mais despidos, menos evocativos do que pareciam na memória. Lugares como outros, infinitos, que existem no mundo, vazios de ecos agora; contudo, pensar neles me conforta e emociona. Poder voltar e parar lá, ouvir o pulsar do tempo.

Papai nunca perdoou Gloria por sua fuga: nem na época, nem depois. Mas houve uma absolvição pela maneira como havia se apaixonado por outro, e se apaixonado com a intensidade que se ama uma terra, mais do que uma pessoa. Uma terra que é a terra das próprias origens: isso é o que foi

Marcos desde o primeiro momento para Gloria. O eco de um chamado, a voz de um país ao qual se sente pertencente e se ama mesmo antes de conhecê-lo melhor. Por um amor desses, ir embora, deixar duas filhas ainda pequenas, o pai delas, o homem com quem, teoricamente, deveria construir sua vida. Deixar tudo de uma hora para outra.

Uma afronta desse tamanho, Seba não conseguia aguentar, muito menos justificá-la: perdia sua dignidade de homem e de pessoa. Poderia ter feito um acordo, que é o mesmo de tantos casais separados – nós viveríamos com a mamãe e o encontraríamos aos finais de semana. Mas Seba fez outro raciocínio, amadureceu uma decisão que tinha muito de vingança: impediu uma proximidade real de Gloria conosco e, ao mesmo tempo, se subtraiu das responsabilidades de cuidar de nós no dia a dia. O que papai escolheu dessa forma era nos privar da primeira base essencial – a proximidade de mamãe – não nos dando a disposição do seu apoio enquanto pai.

Gloria, por sua vez, não travou guerra alguma. Deixou que as coisas ficassem assim. Embora a decisão do juiz da vara de família definisse uma condição muito desigual, ela a aceitara. Como pode? Como pode uma mãe permitir que a vida de suas filhas se desenvolva à distância ou na sua ausência?

"Como pode uma mãe? Não pode...", Nina, de vez em quando, dizia e repetia como uma nênia, uma ladainha, um lamento. Eu a deixava desabafar. Diferente da minha irmã, eu não queria e não conseguia dar vazão ao meu sentimento de extravio. Como pode uma mãe: no fundo eu também pensava assim. Mas era isso o que tinha acontecido, as coisas caminharam dessa forma. E a verdade era que aquela configuração familiar tão anômala, aos nossos pais – uma "casa das meninas", só nossa, sem eles – resultou não só tolerável, mas mais do que isso: a única saída possível.

Nós também nos convencemos disso com a chegada de Mylène: por mais que possa parecer absurdo, o novo arranjo nos tutelaria, a presença daquela mulher em nossa casa garantiria uma normalidade que seria impossível de outra forma. Aquela nova vida seria o nosso equilíbrio, foi o que logo pensamos. Medida, sobrevivência, onde o resto havia desmoronado, se despedaçado – algo de quebrado que não poderia mais ser reparado.

Filha de imigrantes, sem um tostão furado, sem um verdadeiro trabalho: Gloria não foi poupada de nenhuma consequência do seu status nos primeiros tempos depois do abandono do teto conjugal. "A mãe das minhas filhas? Uma mulher psiquicamente instável", declarou Seba ao juiz da vara de família, apontando a mamãe como a única responsável por aquele colapso familiar. Ela, precipitada, infantil, "não tem condições de cuidar das meninas, acredite, excelentíssimo juiz, não estou exagerando".

O primeiro argumento para definir as respectivas responsabilidades da guarda de nós, as filhas, foi a diferença da condição econômica dos nossos pais. Não suas estruturas psíquicas, não a maturidade e a capacidade de cada um deles de amar, zelar e cuidar de nós. Não, o que contava era um dado muito mais real: o extrato das respectivas contas bancárias. Seba Cavallari era um profissional liberal supostamente sem grana, porém herdeiro de um patrimônio familiar considerável. Somando as propriedades imobiliárias e as poupanças dos pais falecidos – as economias e o dinheiro investido de Imma, ex-funcionária de um ministério, e as de seu marido Michele, militar de carreira falecido dez anos antes –, o patrimônio de papai era mais do que 2 bilhões de liras. Uma quantia diante da qual a fragilidade da sua posição profissional passava para segundo plano.

Quanto à mulher, Gloria Recabo, quase não tinha nenhum bem. O juiz da vara de família encontrou em nome da mamãe uma conta-corrente aberta na época do meu nascimento e fechada um ano depois e outra com 1,5 milhão de liras depositadas. Nada mais. Não há muito o que acrescentar: nossa mãe havia nos abandonado em uma manhã qualquer, depois de se despedir em frente à porta da escola. Um abandono de teto conjugal que pesava feito chumbo. Era bem mais do que uma prova irrefutável. Se Gloria fosse nossa cuidadora, o que impediria a possibilidade de ela nos abandonar outra vez? Com a credibilidade de uma mulher que se comportara como ela, quem é que poderia garantir? A solução proposta por papai – uma casa autônoma nossa, uma pessoa para cuidar de nós em tempo integral – pareceu, mesmo aos olhos do juiz da vara de família, como mais adequada, e foi essa, logo após o retorno de Gloria de sua viagem, que ele impôs.

"Olá, Maddalena, olá, Nina. Hoje estou aqui com vocês porque gostaria de conhecê-las, passar algum tempo junto, esta manhã e mais uma vez nos próximos tempos. Ficarei muito feliz se puderem me ajudar a entender como são, o que fazem, quais são suas brincadeiras favoritas; conhecer um pouco mais vocês e as coisas que amam, resumindo."

Bastante simpático o juiz da vara de família; era um homem pequeno com uma barbinha cortada rente, sorriso tenso, palato muito estreito. Persuasivo, hábil em nos entreter – certamente via muitas crianças, levando-se em conta como ele tinha jeito, sobretudo com Nina. Falava com um forte sotaque da Lombardia, um tipo de miado, uma sonoridade arrastada, engraçada de ouvir. Era o primeiro adulto que nos dedicava atenção depois de muito tempo; ter de nos exibir, mostrar-lhe nossa vida de sempre, os hábitos, foi algo que nos divertiu. Ainda vivíamos na casa de Genzano, o arrastávamos alegres de cima a baixo entre o térreo e os quartos do primeiro andar. Eu lhe mostrei minha coleção de bonecas; depois Nina exibiu suas fantasias e, mais vaidosa do que nunca, ela colocou em cena um dos seus teatrinhos que sempre foram bem-sucedidos em encantar os adultos. Com murmúrios de aprovação e aplausos a todo tipo de exibicionismo da minha irmã, o juiz conquistara sua confiança; enquanto isso – percebi – estudava-a, fazia anotações num pequeno caderno como fizera comigo enquanto lhe mostrava meus brinquedos. Nina estava realmente empolgada, fazia caretas sem parar, se curvava como para receber aplausos, dava cambalhotas, cantou "Sapore di sale" e "Buonanotte fiorellino", músicas que sabíamos de cor, palavra por palavra, que a última babá tinha nos ensinado. Estávamos famintas de emoções, de choques fortes para preencher os vazios, para substituir as faltas. "*Il tempo è dei giorni/ che passano piiiigri.*"* Eu observava Nina jogando a cabeça para trás, sacudindo os cabelos sobre os ombros como víamos certas atrizes fazerem na televisão. Eu a vi rir, defender-se, atravessar o juiz com seu olhar charmoso. Nina, criança, mas já muito além.

Na semana seguinte, o juiz da vara de família veio à nossa escola; eu, acompanhada de uma coordenadora, levei-o à sala da diretora e fiz as apresentações. Aquele papel de responsabilidade era gratificante para mim, eu me sentia crescida, importante, e fiquei contente com isso.

Gloria tinha voltado da Argentina naquela mesma época. O juiz da vara de família convocou a ela e Seba para comunicar-lhes as regras do convívio familiar. Então, vimos novamente mamãe, fora, ao ar livre. O encontro estava marcado para domingo de manhã naquele mesmo parque de Genzano aonde Gloria nos levava quando éramos bem pequenas, lá onde ela deve ter se entediado e se sentido muito sozinha. O parque: um lenço de grama verde cortada baixa, na entrada da cidade, a poucos metros da bifurcação para Grottaferrata. Arbustos, algumas moitas, o único brinquedo era um balanço.

---

* O tempo é dos dias que passam preguiçosos. [N.T.]

Gloria esperava-nos no mesmo banco no qual havia combatido o tédio, balançado com cansaço nosso carrinho. Por cima de uma calça pantalona preta e uma camiseta branco-marfim, ela vestia uma capa macia de viscose verde vivo. Os óculos de sol protegiam seu olhar, não deixavam transparecer o quanto estava emocionada; mas nós sabíamos, nenhuma das duas se surpreendeu ao vê-la rir e chorar enquanto vinha até nós e no abraço sentíamos que nos esmagava, quase, de tanto que nos apertava junto dela. "Meninas, meus tesouros." "Mamãe, mamãezinha, então é verdade que você voltou, você realmente voltou!" Mãos, carinhos: tudo ressoava com força, vibrava. O sol estava quente quando conseguia aparecer entre as nuvens brancas como espumas; o inverno estava terminando e o que afirmava isso eram dias como aquele, o ar já era primaveril. Juntinhas as três, lá, cobrindo-nos de beijos, "é a mamãe, mamãe, ela voltou mesmo!!!" murmuramos uma para a outra, incrédulas, emocionadíssimas. Depois, foi quase como se Nina, num sobressalto, se lembrasse de como as coisas estavam e da longa ausência da mamãe e então fechou o tempo, ela caiu num silêncio irritado que, depois da felicidade do primeiro momento, fez com que tudo se tornasse difícil. Ao chegar o momento de irmos embora, a despedida não nos pesou tanto. Somente por aquela primeira vez, nenhum rasgo em ver Gloria já do outro lado da rua fazendo gestos para simular alegria, entrincheirada detrás do escudo dos óculos de sol, fingindo que a tristeza de nos deixar não a apertava. Depois seria diferente, cada despedida uma dor, cada afastamento uma dose a mais de abandono. Naquele momento, ainda não. Naquele momento, só festejamos o final da ausência. "Você se lembra de como a mamãe estava mudada?", perguntou-me Nina numa tarde em que passeávamos pelo Tribeca, as duas sozinhas. Pierre era aguardado em Nova Iorque numa missão diplomática, um fórum da ONU, eu no último minuto decidi acompanhá-lo. O hotel reservado em Downtown era para ficarmos próximos ao Brooklyn e a Nina: eu sempre gostei de viver a cidade com ela – nos encontramos de manhã cedo e passeamos por Manhattan, leves, um quarteirão depois do outro. Caminhar tanto, até não sentir mais os pés, de noite desabar acabada, porém feliz, e grata pela energia das ruas, aquela descarga de adrenalina que vibra em Nova Iorque mais do que em qualquer outro lugar do mundo em que já estive.

"Ela realmente brilhava naquele primeiro encontro no parque de Genzano. Parece que consigo vê-la como se fosse agora; tão orgulhosa, uma leoa..." A luz que a mamãe trazia na volta de sua viagem: eu achava que fosse uma lembrança indelével apenas para mim, mas, pelo contrário, aquele reencontro com Gloria também não fora esquecido por Nina, ela que diz não se lembrar de nada da nossa infância. Estamos sentadas no Central Park, ao lado do Lincoln Center, num local grande e lotado de gente, dois chás de cardamomo para retomar as forças e voltar a caminhar, vencer outros quilômetros. "Uma leoa sim, que atenta, com certa realeza, reafirmava seus direitos: parecia isso."

"*Era* isso, Nina", corrijo-a.

Podiam separar-nos, e Seba impedir que vivêssemos com mamãe, não importava, a energia que fluía entre nós três, entre ela e nós, era um fluxo incontível, uma verdade mais verdadeira do que as outras, e tivemos a confirmação disso naquele primeiro reencontro em Genzano. E Gloria, na época de sua volta, estava radiante: naqueles dias, tinha voltado a trabalhar, um novo emprego, prestigioso, e que parecia cair-lhe como uma luva. Sabia que não seria apenas Seba a garantir nossa sobrevivência, ela também: e essa certeza transformava-a, liberava-a da injustiça da qual se sentia uma vítima até aquele momento. De presente, da Argentina (de Mar del Plata), trouxera para cada uma de nós uma garrafinha de vidro azul. No interior, perfeitamente montado, havia um veleiro, as quilhas abauladas, a ponte de comando, cada detalhe um encaixe minucioso de madeira – as velas, içadas com palitos de dente, eram de gaze. Um pequeno presente fabuloso, ao voltar para casa fiquei um bom tempo admirando a minha garrafa, fantasiando fugas e longas navegações com a mamãe e Nina.

Minhas preces olhando fixamente a fotografia de nós três no lago tinham sido ouvidas: mamãe havia voltado. Podíamos passar esse tempo com ela de dois em dois domingos. Poucas horas, nunca o suficiente: mas Gloria estava lá, não em casa conosco, mas estava de novo presente. Nossa mãe.

Duas vezes por mês, sempre aos domingos. Depois que nos mudamos para Roma, o encontro era na entrada da Villa Pamphili se fazia tempo bom; no inverno, se estivesse chovendo, num restaurante em Monteverde Vecchio. Sempre encontrávamos a mamãe já por lá, ela chegava antes, nos esperava. Exibia sempre figurinos diferentes, de alguns eu me lembro – casaco preto de couro sobre um vestido tubinho amarelo-mostarda bem justo e sexy, um blazer e uma calça pescador de crepe de seda verde-relva, uma saia rodada multicolorida com um body elástico, uma cinturinha de pilão que fazia dela uma mocinha.

"Eu sei que temos uma mãe lindíssima, mas você já entendeu isso, Maddi?", Nina disse num êxtase. Concordei sem falar nada. Gloria olhava para o outro lado, um sorriso amarelo, lisonjeada e feliz, mas sem querer demonstrar. Nós nos sentíamos orgulhosas daquela mãe encantadora, ela se iluminava com a nossa admiração. Duas horas, três horas. De vez em quando – exceções acordadas com o juiz e estabelecidas com antecedência, uma vez por mês – uma tarde inteira. E tudo reluzia, naqueles momentos extirpados. Tudo se recompunha e brilhava.

Segunda parte

OS VÍCIOS

Leyla é a única pessoa, além de Pierre, para quem contei a minha história e a de Nina. De infâncias extirpadas, episódios de crianças criadas longe dos seus pais, a cultura de Leyla é repleta. Ex-colônia, as Antilhas conhecem migrações ininterruptas, especialmente para a França. Partidas que não são expatriações verdadeiras, mas dividem com as expatriações a dor das despedidas, aquele emaranhado difícil de saudades e distâncias que compõem qualquer vida que tenha a pretensão de recomeçar noutro lugar. Para Leyla, enfim, não há nada de tão inaudível na minha história e na de Nina quando crianças; mas mesmo assim percebi, no final do meu relato, que a deixara perturbada.

"Que história. Eu sentia que havia um buraco por trás do seu ar manso e disciplinado. Agora entendo o porquê." Estamos sentadas num café em Jaurès; pelos vidros, além das árvores, se entrevê o Bassin de la Villette, pessoas sentadas perto da fonte devido ao dia ameno. "Pobre Madeleine", comentou mais uma vez Leyla; em sua voz, uma nota de compaixão. "Madeleine", sim, já que em Paris afrancesam meu nome, dizendo-o por inteiro, o uso do diminutivo deixaria subentendido intimidade demais – é melhor assim, penso toda vez, "Maddì" soaria completamente ridículo.

"Pobre Madeleine, de verdade. Quanto vazio você e sua irmã devem ter sentido."

Sim, mas um vazio cheio, gostaria de lhe dizer, mas não digo. Recebemos amor, eu e Nina, fomos circundadas por ele mesmo na anomalia, apesar da situação absurda de crescer tendo pais vivos mas distantes. Que Leyla se sinta obrigada a ter pena de mim, no fundo, me provoca um mal-estar, mas entendo – parece quase uma necessidade, para ela, repetir aquele "pobre coitada". E eu deixo, é uma amiga sincera, a única amiga verdadeira que tenho em Paris, não há tempo para se deter nas nuances.

Apesar de tudo, duas garotinhas circundadas de atenções, minha irmã e eu. Se foi assim, é graças à ordem, à moldura de uma estrutura: mérito de Mylène, da sua chegada. Entre os diversos currículos enviados como resposta ao anúncio colocado por Seba, o de Mylène chamou atenção. Perfeitamente bilíngue, ela também, curiosa coincidência, dividia o apartamento com uma garota francesa que vivia em Albano e tinha sido modelo de um book de moda feito por papai. Dois elementos que jogaram a seu favor: foi escolhida antes mesmo da entrevista de trabalho.

Ela veio nos conhecer no dia anterior à nossa mudança para Roma. Foi divertido observar sua perplexidade diante do espetáculo da sala cheia de caixas empilhadas por todos os lados, pilhas e pilhas; no entanto, era uma diversão intimidada – estávamos constrangidas. Papai comprara batata chips Cipster, e, quando Nina ofereceu a caixinha, Mylène se serviu pegando só uma, por educação, via-se que não queria. Ao não encontrar um lugar para se sentar, ficara em pé, ao lado do piano embalado com plástico-bolha, pronto para ser carregado no caminhão de mudança na manhã seguinte com o resto das coisas.

Vestia uma blusa de gola alta de lã de merino cor de vinho, calças escuras de fustão, os pés calçavam botas de cano curto cinza-escuro, sujas de barro na ponta. Sóbria, dona de si. Uma respeitabilidade natural: havia algo de estável em Mylène, de pacato, equilibrado, nós sentimos isso desde aquele primeiro encontro. E depois – descobriríamos logo mais – era uma pessoa ativa, 15 anos de atletismo esculpiram uma tonicidade em seu corpo e em sua postura, a isso correspondia uma lucidez. Alguém que nunca veríamos perder-se em elucubrações excessivas. Pouco seio, coxas um pouco grossas, porém fortes, um corpo com o qual ela se sentia perfeitamente à vontade. A franja cortada bem curta e o cabelo chanel assimétrico faziam dela uma atriz de cinema mudo. Parecia muito jovem e, de fato, ainda não tinha 25 anos. Ambas gostamos dela imediatamente.

"Vocês sabem tocar?" A pergunta, que parecia óbvia dada a presença do piano, nos pareceu feita com curiosidade real; nenhuma resposta por parte de Nina, entrincheirada num daqueles silêncios típicos de quando se sentia impotente – ela já intuía que suas estratégias corriqueiras de sedução não funcionariam com a recém-chegada. Eu disse hesitante: "Minha irmã ainda não, eu dedilho alguma coisa de vez em quando, duas ou três músicas, não mais do que isso."

"Ah, espero que você me mostre! Eu também estudei piano, no Conservatório de Nantes, minha cidade. Oito anos, exatamente oito. Tenho até um diploma." "Exatamente": léxico impecável, pronúncia perfeita – graças a várias permanências na Universidade para Estrangeiros em Perugia, Mylène fez questão de nos contar, assim como falou sobre o esporte, sua grande paixão, que se tornou, enfim, um estilo de vida. Ela acreditava profundamente no valor da atividade física, acrescentando que esperava poder compartilhar conosco aquela prática diária "fantástica". O amor pela língua italiana também era algo que entusiasmava Mylène: falava bem e sentia orgulho da conquista, seus olhos brilhavam quando a parabenizavam.

Podíamos confiar numa pessoa como ela, pensei.

"Você gostou dessa, Maddi?"

Última conversa entre Nina e eu de cima para baixo entre nossas camas de beliche; último momento no quarto compartilhado antes de nos mudarmos para Roma, onde cada uma teria seu próprio quarto. Todo canto calcado, por todos os lados caixas e móveis embalados, havia dias tentávamos adormecer observando as sombras que aqueles cubos projetavam na parede graças à luz acesa do corredor. Estávamos animadas, emocionadas, tristes. Era uma noite especial, elétrica e melancólica.

"Acho que sim... que gosto dela sim. Com aquela franjinha. E depois me parece divertida, uma pessoa alegre..."

"Parece uma moça, um pouco mais velha do que nós."

"Você está errada, Nina: olhe bem para ela, tem as olheiras de um adulto, as rugas, você não percebeu? Quando ela sorri..."

"Não sei, não saberia dizer; não a observei tanto assim. O que sei é que estou cansada, Maddi: completamente farta. Sinto-me mal só em pensar que terei que me acostumar a uma nova pessoa, pela centésima vez. Toda vez é assim, aqueles sorrisos, sempre a esperança de que fique, começar tudo de novo, tentar novamente... e não se conclui nada."

Mylène foi contratada para viver conosco. Nossas primeiras impressões foram confirmadas: era vigorosa, naturalmente bem-disposta e bastante serena, era uma incentivadora e fazia-nos sentir apoiadas. Às vezes era rígida, isso sim: em casa exigia ordem, muitas vezes discutia com Nina, muito caótica na organização do espaço. Sabia ser maleável, bondosa, embora, quando chegavam nossos descontentamentos e tristezas, nunca dava importância, e isso nos frustrava. Com o passar do tempo pensamos que fosse uma aridez, este não saber aceitar os momentos em que nos sentíamos mais vulneráveis; mas, desde o começo, nos sentimos abraçadas pelo rigor de Mylène, parecia-nos a melhor recompensa depois daquele longo período de transição tão difícil, cadenciado por inúmeras babás inadequadas.

Ela cresceu não em Nantes, mas no campo, nos arredores, Mylène conhecia os ritmos da natureza, o acerto que é do tempo e do correr das horas quando sabemos acompanhá-los. Desde o princípio dedicou-se a fazer-nos sentir bem, o melhor possível. Queria que nosso estilo de vida fosse saudável em todos os aspectos: comida e ritmo cotidiano também composto por atividades físicas constantes. Dinamismo, eficiência, atenção: domínio de si. Saúde pensada como máxima concentração. E o esporte: provar o próprio valor, um tipo de cuidado metódico capaz de se espalhar do corpo para a mente.

Mylène também tinha outras qualidades. Todas as vezes que uma de nós lhe contava um segredo, nunca era traída, nunca falava de uma de nós à outra enquanto uma estivesse ausente, nem de nós nem de outros. Sigilo mantido com inteligência: a mesma inteligência com que nos estimulava a sentirmos orgulho da nossa organização doméstica, difícil pois era uma situação "extremamente anômala", como aprendera a defini-la Nina. Fomos boas em crescer bem – deveríamos parabenizar a nós mesmas, era o que dizia Mylène. Tínhamos mostrado ter personalidade e coragem e agora, então, tínhamos de ser conscientes e orgulhosas. "*Vous étiez très courageuses les filles; faut savoir le reconnaître, l'assumer.*"

Novidades que decolavam juntas. A casa de Roma, a nova vida com Mylène.

Outro lugar ao qual quero voltar se eu for a Roma é o aterro da Villa Pamphili, aquele circuito onde treinávamos com Mylène. "Puxa vida, parece que você tem jeito para a corrida!", eu a ouvi dizer já no primeiro dia, com seu italiano perfeito, para minha irmã. Um ano mais nova, mas Nina corria muito mais rápido. Alguns minutos, poucos passos decididos com as pernas e já tinha garantido uma vantagem irrecuperável em relação a mim.

Minhas crises de asma eram mais raras agora; contudo, o medo de novos "eventos respiratórios", como aprendera a nomeá-los lendo um relatório pneumológico, não parava de me assombrar. Desisti de correr muito cedo, me dedicava a um treino mais específico pensado para mim pela própria Mylène, difícil, mas sem cardio. Nina, no meio-tempo, desaparecia entre os pinheiros, o rabo de cavalo ondeava batendo nas suas costas. As coxas ficavam tensas no impulso; ao observar de perto as pernas, viam-se nas panturrilhas algumas veias inchadas pulsando. Nina tão ágil e lépida; e mais atraente do que eu, e mais complicada, e especial, eu pensava essas coisas, imaginando seu porvir semelhante às suas voltas de corrida: inapreensível com aquele ritmo rápido demais. "*Your sister... she goes so fast!*", dissera-me Brian no nosso primeiro encontro num jantar em Paris, naquele pouco tempo em que ficamos sozinhos eu e ele na cozinha. E ria, havia tamanha admiração divertida nos olhos de Brian O'Brien ao dizê-lo; e lá entendi que aquele homem amava minha irmã, amava-a de verdade.

Nina sabe ser meteórica, supersônica, é uma loucura; Brian contou-me que em Cape Cod, na praia, ela salvou um garotinho que estava se afogando. Ele tinha se afastado da beira e, com a correnteza forte, não conseguia voltar à margem, depois de muitas braçadas inúteis estava sem forças. Nina notou-o ao longe, enquanto ela e Brian descansavam à sombra, sob o dossel de um bar; ela imediatamente deu o alerta e logo correu para a água. Salvou-o, a única na praia inteira que tinha percebido o que estava acontecendo. Rápida sim, mas a vida vai ainda mais rápido. Linhas de chegada e derrotas, felicidades imprevistas seguidas de crises: era assim que eu imaginava o futuro da minha irmã. E pensava em nossos nomes. Maddalena, a única mulher junto a Maria que ficou ao lado de Cristo, foi o que aprendi na escola. Maddalena, coragem da dedicação; impávida quando eu sentia que não havia nada de impávido em mim, a temeridade era de Nina. Nina: ressoava muito mais bonito o nome dela. *"Ho visto Nina volare tra le corde dell'altalena/ un giorno la prenderò come fa il vento alla schiena."** Depois iríamos ouvir as palavras de Fabrizio De André, o conto daquela menina e seu voo misterioso. Intensidades inacessíveis para mim.

Na casa da rua da Villa Pamphili havia os quartos – agora separados – que contavam sobre nossas personalidades. Nina tinha pendurado um pôster enorme da Madonna, à beira-mar, vestindo um macaquinho atoalhado de oncinha ("Eu teria to-

---

* "Vi Nina voar entre as cordas de um balanço/ Um dia vou tomá-la como o vento faz com as suas costas." [N. T.]

das as contas em dia por anos se fosse o autor de uma foto como essas!", comentava Seba, com certa regularidade). Nas prateleiras, uma desordem com velhos brinquedos, livros, vestidos embolados, caixas contendo fitas, pulseirinhas "scoubidou"; espalhados nos cantos, havia canetas hidrográficas, folhas amassadas, cartas de baralho fora do maço, fitas VHS, um alvo do jogo de dardos magnéticos, uma quantidade absurda de envelopes de adesivos. O pequeno grande universo de uma garotinha acostumada a preencher o tempo excessivo que passava em casa.

Meu quarto, ao contrário, era um brinco: livros enfileirados, canetas organizadas de maneira maníaca e simétrica em copos de plástico colorido de tamanhos diferentes. Na parede, um único pôster, um quadro impressionista. Renoir, minha paixão; um quadro chamado L'*excursionniste*. É o retrato de uma jovem segurando uma vara de bambu que usa como bastão de caminhada. Olha um ponto distante no horizonte. Atenta, desprendida, inflexível como eu queria ser.

Tanto Gloria como Seba, nossos pais, foram filhos únicos, não conheceram a vida com irmãos ou irmãs. Do entendimento entre Nina e eu foram espectadores, admirados, algumas vezes invejosos, noutras, incomodados. Uma mais uma é diferente de uma sozinha. Mais do que uma aliança, um encontro telepático, o nosso, agora que vivemos em países diferentes, é reforçado por trocas diárias. Somos boas em nos dizer tudo o que precisamos naquele espaço exíguo e inconsistente que é a comunicação entre dois celulares. Entre nós, quem parece depender mais dos nossos diálogos é Nina; mas não é assim, muito pelo contrário. Posso fingir para mim mesma que ela me tira do sério, mas a verdade é que dialogar com minha irmã uma vez por dia (ou mais) é uma salvação. A margem mais segura.

Já aconteceu de nos falarmos por uma hora e meia, quase duas; durante a ligação, caminhei da place de Clichy até a rue de la Montaigne Sainte-Geneviève, no 5º arrondissement: e Nina lá, sempre comigo. Estou sozinha em Paris; vivo isolada o dia inteiro, da manhã até o final do dia, quando encontro Pierre e os garotos e já é quase noite. Nina sabe disso, sabe que é ela, com suas ligações e suas mensagens, a minha janela para o mundo. Veio ficar conosco alguns dias, uma vez. Era final de maio, começo de junho, Sam estava na quinta série, no CM 2, eu estava ocupada com a iminência da sua matrícula no *collège*. Nina foi uma tia fantástica, naquela época levava Vale e Sam ao cinema, ao boliche, ao parque Asterix. Comigo era afetuosa, do seu jeito sempre dinâmica – acompanhava-me nas caminhadas pela manhã, eu podia convidá-la com uma cortesia para a academia, mas ela corria já de manhã cedinho, de qualquer forma no parque Monceau. Aquela única vez, uma verdadeira visita, não uma viagem rápida como as outras. Foi naquela ocasião que a minha irmã viu e entendeu meu vazio, essa jaula dourada dentro da qual eu preciso, continuamente, encontrar o que fazer e ficar atenta para não quebrar as minhas asas. Foi quando entendeu que, mesmo voltando, era importante que ela estivesse por lá, continuasse estando presente. Agora, distantes, para manter a proximidade, estão nossas palavras tecladas nas telas. "Pergunta, Maddi, tudo o que quiser, você sabe que não tenho segredos para você"/ "Nenhuma pergunta em especial, Nina. Só um pouco preocupada..."/ "Quer dizer pelo Brian, eu sei" (*carinha sorridente*) "Você gostaria que continuássemos juntos e a ideia de que eu tenha terminado te deixa aterrorizada... eu te conheço, mascaradinha" (*muitos emojis de máscara*)/ "Mas não é isso, você está errada, o que eu poderia querer? Só quero que você seja feliz"/ "Palavras assim são ditas por uma mãe, Maddi! Cuidado, por favor"/ "Deixe Brian, se acha que isso é o certo. Mas fico preocupada pensando em você sozinha em Nova Iorque, sem ele, sem seu emprego na galeria. Deveria me calar quanto a isso?"/ "Essas também são palavras de mãe (*outra carinha sorrindo*). Depois, não quer dizer que eu vá ficar aqui. Talvez eu volte para a Itália... (*bandeirinhas italianas*). Estou cansada de Nova Iorque, sabe, e até do Brooklyn"/ "Sério? Isso sim é uma novidade..."/ "Você lembra, não é, quando eu decidi vir pra cá? Estava supermal e você também foi embora. Se não fosse pela meditação, Sri (*ícone das mãos em prece*), sabe-se lá como teria acabado. Mas agora é diferente. Agora estou bem e venho pensando em voltar a Roma, pensando muito." As geografias são escolhas irremovíveis para mim; para Nina, são trânsitos provisórios, hipóteses prontas para serem subvertidas noutros ancoradouros, novas seguranças passageiras. "Sua irmã acha que é sempre a mais importante para todos", comentou uma vez Pierre, depois da centésima notificação de fila de mensagens do WhatsApp (nunca invasivas como aquela outra vez em que estávamos quase fazendo amor e tive que desligar o telefone devido às ligações compulsivas de Nina, mas não encontrei mais a concentração para o sexo). "Pois é, ela acha que é a única no mundo, sua querida irmãzinha. Sorte a dela: deve ser graças a tanto narcisismo que ela consegue sempre dar um jeito na sua vida desastrada." Pierre só é tão severo e categórico no seu julgamento com relação a Nina. Com nossos filhos ou comigo, ele jamais falaria nesse tom. Mas como dizer que ele está errado: Nina cansa. Exaure. Uma noite, tínhamos acabado de jantar e assistíamos todos juntos ao filme *Beleza Americana*, no canal Arte, e fiquei ocupada mais de meia hora no telefone porque, mostrando uma imagem fixa de dentro do seu armário no Brooklyn, ela queria que eu a ajudasse a escolher um vestido. Ela ia a uma estreia no Metropolitan para a qual fora convidada com Brian e não conseguia decidir sozinha como se empetecar. Outra vez porque uma amiga do colégio de Roma estava no Brooklyn e elas almoçavam juntas, e Nina, a todo custo, quis que conversássemos as três. Eu estava caminhando pela Avenue des Gobelins, tinha ido ao cinema e depois estava explorando o bairro, que conheço pouco.

Começou a chover, eu disse isso a minha irmã, mas ela não queria desligar. E tudo foi enlouquecidamente incômodo, eu conversava e me molhava, tentava manter o celular embaixo do capuz da jaqueta corta-vento, mas cheguei encharcada ao Panteão, já estava no ônibus e continuávamos conversando, Nina me passava a amiga, depois queria falar comigo, aonde tinha ido, o que a amiga tinha comprado, detalhes bestas um atrás do outro. Uma conversa qualquer para me fazer companhia na chuva, mas à noite eu ardia, tive febre de tanta água e umidade que meu corpo absorveu. Minha irmã exaure, fagocita a vida dos outros, sim; não há o que dizer. Mas agora estou preocupada com ela. Já é uma mulher crescida, eu realmente achava que tinha amadurecido o suficiente para fazer durar seu relacionamento, para conceder a si mesma uma proteção duradoura e verdadeira, não imaginária. "Está pensando nas consequências?" Mando a mensagem por WhatsApp do boulevard des Batignolles, é tarde e estou indo para casa pegar Sam e levá-lo ao dentista. "?????" Cinco pontos de interrogação na resposta de Nina que chega quase ao mesmo tempo. "O que você quer dizer, Maddi?" Que você está prestes a voltar a complicar sua vida, irmãzinha, é o que estou tentando dizer. E não gostaria, com todas as minhas forças, não gostaria.

Longos momentos passados pintando; as horas mais calmas passadas juntas eram essas preenchendo com as canetinhas os espaços brancos dos desenhos – já impressos, ou desenhados por nós. Tempo denso: Mylène ficava um pouco mais para lá, ouvíamos seu trânsito pela cozinha, dinâmica, exata, aquela presença eficiente que nunca pesava. Só algumas vezes tornava-se melancólica, eu percebia seu jeito tranquilo tornar-se mais nervoso, o olhar fazia-se triste enquanto arrumava, não usava a lava-louças, enxaguava e lustrava panelas e pratos (era uma das suas manias, economizar energia elétrica limitando o máximo o uso dos eletrodomésticos). Eu imaginava que tinha saudades dos seus pais, da vida simples e saudável na grande casa de campo perto de Nantes; mas ela se controlava, não dizia nada e, contudo, na época daqueles melindres, sua atenção para conosco tornava-se mais lenta e bastavam aqueles instantes para que nos sentíssemos sozinhas de novo. Sozinhas nós duas, irmãs. Lâminas de luz arranhavam a bancada da mesa de fórmica, da cozinha um rastro de aroma do almoço nos esperava – torta de funcho e lombo de porco com tomilho e zimbro, especialidade de Mylène. Silêncio, concentração, em toda a calma aparente eu, porém, sentia-me inquieta, ficava preocupada à espera daquilo que ocorria regularmente: o momento desgraçado em que Nina começava a rabiscar uma folha e com uma raiva furiosa começava a calcar rabiscos pretos sobre o trabalho cuidadoso ao qual tinha se dedicado até um minuto antes. Estragar: naquela época era um desenho – agora uma amizade, um amor, um trabalho. Sempre chegava para Nina a pulsão irresistível de destruir; jogar tudo para o ar e extrair a seiva desse estrago.

Brincávamos de "o animal preferido". O de Nina era a onça, o meu, a tartaruga. Há algum tempo tínhamos uma; vivia na sacada, tinha poucas semanas de vida, embora parecesse centenária. Observávamos como avançava colocando para fora sua cabecinha escura, viscosa, os olhos duas fissuras bem pretas, olhos vívidos, um pouco histéricos. Eu ia o tempo todo à sacada para vê-la, com cuidado, com a ponta do dedo, acariciava os escudos da carapaça. Como morada para a tartaruga, escolhemos uma caixa de frutas mantida de cabeça para baixo, ao lado dela colocamos uma xícara com água que eu trocava toda manhã, até cobrindo minha cabeça, caso chovesse. Nutri-la era responsabilidade minha, todos os dias eu colocava diante da caixa de frutas um composto de cascas de ovos trituradas e grandes folhas de alface bem lavadas. Eu aprendia muito com a fleuma daquele pequeno animal que era sua própria casa, com a forma como se protegia retraindo-se para dentro e daquela posição impassível de estabelecer a distância máxima com relação ao exterior. Nina tinha ciúmes, dizia que logo teríamos um cachorro, "e a tartaruga terá que se mudar, Maddi, prepare-se, porque se não o cachorro irá comê-la". Mas antes tanto Mylène como papai e Gloria tinham reprovado aquela ideia do cachorro. "Pelo contrário, seria tão simples, vocês não entendem, eu levo ele para passear quando for treinar." Nina não arredava o pé, mas papai estava irredutível nesse quesito: "Vocês já têm muitos compromissos, não há necessidade de complicar ainda mais a vida." "Como se não fossem vocês os que nos complicaram a vida. Você até nos trata como burras: veja o quão pouco você entende, papai..." Ela montava as tensões, e o sonho do cachorro permaneceu irrealizado; no seu lugar, havia a carapaça brilhante da tartaruga. Sempre um sobressalto, uma aparição. Eu a seguia enquanto se movia de modo lento, solene. Incentivava-me a fazer de mim mesma a virtude de um lugar, mostrando-me como permanecer dentro de mim, criando assim um escudo melhor. Como me proteger de todos, até de Nina.

O pôr do sol sobre a Villa Pamphili, entre os pinheiros, espreitava o céu, frestas de céu, largas estrias de rosa, índigo, amarelo-escuro: luzes de uma beleza que agarrava o coração. Nina corria tenaz, segura, rainha das atletas. Mylène e eu esperávamos em pé, perto da escadaria que dá para o Casino del Bel Respiro. Eu em silêncio, Mylène mais sociável se distraía com os outros esportistas que frequentavam o circuito. Nina, quando chegava até nós, estava ofegante, acabada, mas resplandecia. Então como agora, nada como o cooper para lhe fazer tão bem: correr a transfigurava. Escondida atrás de uma moita, trocava a camiseta encharcada de suor, depois nós três nos dirigíamos à saída, com frequência éramos as últimas a deixar o parque da Villa.

Correr no aterro tornou-se muito mais do que um hábito cotidiano. Uma obsessão, para minha irmã – era tudo, ou quase, para ela. Mas havia momentos diferentes, mais difíceis, tardes chuvosas e intermináveis sem nada para fazer. Mylène cuidava que fizéssemos as tarefas, depois parava de seguir-nos. Estava de novo distraída; eu e Nina achávamos que ela estava apaixonada por um treinador que aparecia todos os dias no aterro, um tal de Roberto, cogerente de uma academia bem conhecida no bairro Eur. Não entendíamos se ela era correspondida ou não, mas o certo é que agora Mylène se abstraía com frequência e nos sentíamos excluídas e não acolhidas em seus silêncios. Ficávamos nós duas, uma e a outra, com o tempo a ser ocupado. Nervosa, frustrada pela falta do desafogo do cooper, Nina tentava começar uma discussão.

"Como você é chata, Maddi. Não percebe o quanto você cansa? Sempre perfeitinha, nunca assume um lado, nunca uma palavra fora do lugar... realmente um suplício, estar com você é exatamente isso!"

"O que você quer dizer? Sabe que não gosto de falar muito, prefiro ouvir." Explicar meu jeito de funcionar era um peso, contudo, esforçava-me em fazê-lo, caía de cabeça na armadilha de Nina.

"Claro, imagina. Mas com seu jeito passivo, de santinha, no fim é sempre você quem manda em tudo. Rebecca tem razão, você se sairia bem como diretora de escola."

"Mandar? Eu? E, desculpa, no que é que eu mando?"

"Você nem percebe o quanto sua calma é irritante. Essa maldita calma imperturbável..."

"Não te entendo, Nina."

"Eu sei que não me entende. Mas eu entendo muito bem e digo: sua prudência, tanta reserva... é muita amolação, é pesado. Você me oprime, é isso!" Eu me estarrecia; até que Nina começava a chorar para valer, então parava de pensar no mal-estar que eu lhe provocara e caía em si, nos seus sofrimentos, e eu, mais uma vez, sentia-me no dever de cuidar dela. E daquela dor danada que vivíamos juntas.

No sábado à tarde vinham em casa algumas colegas da escola. Não era eu quem convidava, mas Nina quem sempre tomava a iniciativa. As visitas eram sempre um cataclismo, alterações dos ritmos aos quais estávamos acostumadas. Tardes que viam o findar da nossa solidariedade e cumplicidade, pois Nina aliava-se com a amiga da vez e tornava-se fria e distante comigo. Eu não conseguia acreditar; e numa dinâmica perversa, quanto mais eu não entendia, mais Nina me excluía. "O que foi, Maddalena? Não vê que estamos brincando?" "Desculpa, mas não tem lugar para você, é uma coisa que só pode ser feita em par, Maddalena..."

"Maddalena": ouvir meu nome dito por extenso por minha irmã me congelava. Eu me trancava no meu quarto, esperava para poder estar a sós com Nina.

"Por que você se comporta assim? Me machuca, machuca muito, não percebe? E você não pensa no papel que me atribui diante *delas*, das outras?"

Nina, porém, nunca pedia desculpas. "Tenho meus motivos. É você quem me atrapalha! Não é fácil, o que você acha, Maddi, não é nada fácil ter uma irmã que é sempre a primeira da turma! Minha querida senhorita-sabe-tudo, você é uma chata, é isso que você é, chegou a hora de você perceber isso..." Batia a porta, ia também para o quarto dela e entrincheirava-se lá dentro. Longos silêncios, dias inteiros sem trocarmos uma palavra. Insistir era perder tempo: suas intermitências complicadas e tão cruéis para mim nunca seriam explicadas por Nina, pois era ela mesma a primeira a não saber decifrá-las.

Outras vezes, mudava o alvo e atordoava a amiga da vez, e ela então se via de uma hora para outra "abandonada", sentia-se perdida, afastava-se num canto fingindo desenvoltura, mas na verdade sentia-se aterrorizada. Vexação, ciúmes tirânicos, de repente estar de lua; com pequenas variações, o esquema permanecia o mesmo. Minha irmã envenenava a atmosfera até que sua infelicidade tomasse conta e ela já não tinha mais todas (a irmã e a amiga) como espectadoras dos seus tormentos e desabafos. Tentava tranquilizá-la, eu mais e melhor do que a amiga da vez, até que, entre as lágrimas, Nina esboçava enfim um sorriso torto de satisfação, esse era o sinal de que a paz estava voltando. Tinha conseguido o que queria, manter-nos em suas mãos, vinculadas a ela.

Tirânica porque sofria e, detrás da fachada prevaricadora, estava preocupadíssima com o julgamento dos outros. Adiantava-se para esclarecer às coleguinhas nossa situação. "Nós não vivemos com nossos pais", agredia a convidada antes que ela tivesse transposto a porta de entrada. "Sabe, é também por isso que você nunca os vê na saída da escola... eles não moram conosco. Nem sequer moram em Roma..."

"Vocês estão com Mylène, a babá, não é? Eu tinha entendido isso, ou seja, na verdade eu já sabia...", a amiga da vez concordava numa bravata com ar de cumplicidade, dentro de si já havia se autobatizado, ela também, "órfã sem sê-lo".

Começavam assim as tardes intensas e muitas vezes um pouco melodramáticas. Mylène controlava, do seu jeito, invisível e nunca apreensivo, e depois ela aparentava ser tão jovem e a ausência dos pais fazia com que a atmosfera da nossa casa fosse diferente da que se respirava nas outras famílias. "Os sábados com Maddi e Nina" tornaram-se famosos entre nossas coleguinhas de escola: encontros que elas queriam repetir o quanto antes, se não fosse pelo fato de os pais, ao saberem pelas filhas da nossa situação anômala, mudarem de atitude. Hesitavam, quase relutavam, em deixá-las conosco.

O momento mais difícil era o último, a despedida. Quando os pais vinham buscar as filhas, ter que assistir aos beijos deles e ao reencontro, ao hábito e à intimidade dos seus gestos no elevador antes que as portas se fechassem. E imaginar a volta para casa, lá onde, na mais acolhedora normalidade, vigiadas por mães e pais amorosos, esperariam a hora do jantar e depois do sono. Tínhamos inveja e, no silêncio daquela inveja, nos depreciávamos. A ferida: sempre à espreita e pronta a mimetizar-se, assumia, dentro de mim, a forma de uma calma excessiva, em Nina uma agressividade demasiado feroz.

Pontualmente, ao fechar a porta, acabávamos brigando.

"Por que raios você me trai todas as vezes, Nina? Qual é a necessidade de me deixar sempre de fora, pode explicar?" Eu tinha o choro engasgado na voz, eu sabia que soava muito trágica, mas não estava nem aí.

"Já lhe disse muitas vezes, Maddi: tenho minhas razões. E depois é você, não eu..."

"Sou eu o quê?"

"É sempre você que se coloca, todas as vezes, nesse papel de intrusa/excluída e cria confusão..."

Choros, empurrões para me colocar para fora, cara amarrada; depois reconciliações solenes, abraços apertados e renovação do nosso pacto de fidelidade e aliança. Éramos isso, nós duas. E foi preciso tempo para que as coisas mudassem, de certo momento em diante, senti-me carregada para a outra margem, a borda larga do mundo dos mais velhos. As cóleras da minha irmã, em algum momento, já não me tocavam mais; que ela se resolvesse sozinha com suas convidadas, aquelas garotinhas que eu certamente não queria pela casa – se fosse por mim, ficaríamos tranquilas, só nós e Mylène. No meu quarto, eu passava o tempo lendo, dedilhando o piano, dando-me a liberdade de estar sozinha. Desvincular-me, encontrar uma Maddalena para além do meu papel de irmã: era essa a urgência. Não mais perseguida pela sensação de que nossas vidas estivessem fundidas, interligadas. "Você é você: é Maddalena", repetia para mim mesma, olhos nos olhos eu comigo mesma no espelho. Você é você: encontrar-se e não se perder de vista.

Ao se sentir sozinha nos seus teatrinhos megalomaníacos e sem compostura – agora eu me permitia vê-los desse jeito –, Nina também mudara. Já não conseguia provocar ciúmes em mim com suas amigas, então perdeu qualquer interesse por elas. Convidava-as e depois deixava-as sozinhas e vinha bater à minha porta.

"O que você está fazendo, Maddi?"

"Minhas coisas, não vê?"

"Não quer mesmo vir conosco?"

"Não quero mesmo, obrigada."

E Nina, contrariada, voltava para a "outra" impaciente para que fosse embora e ficássemos novamente nós duas sozinhas, "na santa paz, Maddi, eu e você. Você não está brava comigo, né?"

"Contigo? Por que estaria? Não, Nina, eu nunca estou brava contigo. Nem quando você está assim."

"Assim como?"

"Uma peste e até maldosa. No final, você não ficou nem com sua amiga, nem comigo. No desejo de se dividir, acaba por não estar presente para ninguém."

Um sorriso desafiador tornava-a belíssima. Depois, no sofá, muito próximas, quase abraçadas, assistíamos a um filme, às fitas VHS que Seba trazia de Milão. O contato da cabeça de Nina com a minha dava-me a ilusão de poder ouvir seus pensamentos e de que ela ouvia os meus. Unidas, sempre, contra tudo e contra todos. Completamente diferentes, contudo, lados de uma única e indispensável moeda.

Nos finais de semana em que não trabalhava, Seba ficava conosco; vinha a Roma. Havia comprado um Jaguar grafite, chegava a bordo daquele carrão flamejante que podíamos admirar em todo seu esplendor antes que o estacionasse na garagem. Tínhamos também a autorização para entrar e tocar tudo, exceto nas chaves. O painel de instrumentos reluzente e novinho em folha, a tapeçaria macia do compartimento de passageiros, o couro liso dos assentos era pura alegria ao toque. Ligávamos o rádio, inclinávamos os assentos e fingíamos dormir. "Tá pronta, Maddi, vamos? Eu dirijo!", dizia Nina para começar a brincadeira. "Sim, pronta, leve-me pra longe, Nina, não se esqueça..." Aquele carro falava do novo status de papai, o quão distante chegara sua vida longe de nós. Os ritmos de Milão e as muitas aventuras em Roma haviam transformado Seba: agora se vestia com um pouco menos de descuido, mas estava sempre nervoso, sempre mais hipercinético, o corpo magro demais comunicava inquietação, e um novo tique, quando estava cansado, fazia-o bater constantemente a pálpebra direita. Parara de fumar cigarros e passara ao charuto – à mesa, depois das refeições, seguíamos com fascínio o brilho da brasa intermitente. O carro, as roupas, os charutos: nos atraíam os bens de nosso pai, nada nele.

Por ocasião daquelas visitas, Mylène antecipava seu dia livre para sábado. Acompanhávamos sua preparação; colocava salto agulha e sapatos novos de bico fino, roupas justas difíceis de usar com suas coxas um pouco grossas, um figurino que parecia estranhíssimo nela que estava sempre vestida de um jeito esportivo. Talvez (mas não tínhamos certeza) se empetecasse daquele jeito para encontrar Roberto, cogerente da academia no bairro Eur. Claro, transformava-se, parecia outra pessoa; até se maquiava, o rímel e a sombra tiravam aquele ar atrevido de que tanto gostávamos. Ficávamos sozinhas com Seba, cansado e nervoso mesmo quando poderia descansar.

"Vamos correr, papai?"

"Não, meninas, realmente não dou conta. Dirigi seis horas seguidas. Vocês podem ir, eu espero por aqui; descanso um pouco e preparo algo para comer."

Cozinhar lhe dava segurança: encenar um hábito falso o ajudava a sentir-se em casa. Para nós, encontrá-lo ao voltar da Villa era estranho e um pouco constrangedor; estávamos cansadas, Nina por tantas voltas corridas, eu pela sequência de exercícios planejada para mim por Mylène (mudava o treino a cada dois meses). Era estranho e desconfortável, enquanto tomávamos banho, ouvir papai mexendo na cozinha, o rádio ligado com o som alto demais e aquele fundo invasivo de barulho de panelas e pratos batendo. Estranho e alienante: em nossa convivência, que agora era só episódica – e forçada –, aquela encenação de rotina doméstica parecia um fingimento quase ofensivo. Se esperava nos agradar, Seba conseguia fazer o contrário. Comíamos em silêncio nossas refeições preparadas amorosamente por ele e nunca lhe dávamos o gosto da satisfação que ele esperava. Uma vez, cozinhou um fricassê de frango; a bancada da cozinha logo se tornara um campo de batalha de limões espremidos ao meio, cascas de ovo e vestígios de azeite. Ao molho, acrescentara um tipo especial de hortelã dado por uma amiga da Ligúria, "erva da costa do mar, garotas, vocês vão experimentar que requinte", garantiu. Nina nem havia experimentado e já se sentia enojada por aquela gororoba "tão amarela e clara, não te lembra vômito, Maddi?", ela disse em voz baixa antes de começar a almoçar. Ríamos pelas costas de papai, à mesa outras zombarias disfarçadas, mas Seba havia percebido, percebíamos que era bom em escondê-lo, mas estava muito decepcionado.

Falávamos sobre qualquer assunto fazendo um esforço, oferecendo respostas apáticas às suas perguntas, sempre as mesmas: como vai a escola, as amigas, o esporte. Curiosidades obrigatórias, não havia nenhuma intenção real de saber. Para enganar o tempo, voltávamos para a pista de corrida da Villa, até duas vezes por dia, quando ele estava por lá; ou, saracoteando pela casa, esperávamos a chegada do domingo à tarde, quando papai regressaria a Milão e Mylène voltaria para casa, depressa se fecharia em seu quarto para então emergir como a pessoa de sempre, com roupa de ginástica, sua figura tão tranquilizadora e familiar, a franja curta colada na testa com gel, nos pés, chinelos de dedo ergonômicos japoneses, as mãos escondidas no único bolso tipo pochete na dianteira do blusão. Em vez de um declínio melancólico do dia de folga à espera da escola na segunda-feira, domingo à noite era sempre um momento feliz para nós. Voltava a vida de verdade: a plenitude de um cotidiano fortalecido pelo seu ritmo regular.

Mamãe nunca vinha em casa; assim fora estabelecido pelo juiz da vara de família. O acordo era que Seba, como proprietário do apartamento da rua da Villa Pamphili, podia permanecer durante suas visitas aos finais de semana. Mas Gloria não, não tinha acesso à nossa casa. Tratava-se de um aspecto em desequilíbrio, injusto, uma organização das coisas que deveria ter sido contestada imediatamente. Num primeiro momento, vulnerável e mais exposta, Gloria, pelo contrário, acabara aceitando aquelas condições, deixando que fossem decididas por outros e impostas a ela, e agora, via-se submetida.

"Você não pode mesmo subir? Nem dez minutos para ver a casa? É o lugar onde moramos, como é possível que você não tenha a liberdade de nos acompanhar nem por cinco minutos?" No momento das despedidas, na esquina entre a via Fonteiana e a via di Villa Pamphili, Nina rogava, insistia com Gloria. Queria mostrar-lhe, a qualquer custo, seu quarto, o pôster da Madonna, a tartaruga. Finalmente, depois de anos poder ouvir a mim e mamãe tocarmos juntas de novo – se não respirar, ao menos deixar Gloria dar uma cheiradinha na atmosfera em que a vida de suas filhas acontecia. "Sobe, mamãezinha, vamos, quem é que vai perceber? Só alguns minutos, nada mais." Na rampa de entrada para o parque da Villa, havia o habitual ir e vir de domingo: cães na coleira, ociosos, esportivos, muitos corredores, bolas de futebol, pipas. A resignação impressa no sorriso da mamãe valia mais do que qualquer resposta. "Gostaria muito de dizer que sim e subir. Mas não, de jeito nenhum, garotas, é melhor nem me pedir mais."

"Da próxima vez, evite fazer esse tipo de perguntas sem me avisar, tá bom, Nina? Você conhece a realidade, sabe em que pé as coisas estão. Não pode se fazer de louca assim."

Estávamos no elevador, minha irmã me olhava e, séria, concordava, os olhos verdíssimos atravessados por sabe-se lá que pensamentos. "Não vou dizer mais nada, juro, Maddi, desculpa..."

"Veja, se fizermos outros pedidos", eu a repreendia de novo, "nos tiram até o pouco tempo disponível que temos para estar com ela." No meio-tempo, tínhamos entrado em casa, Mylène já estava à mesa, na sala, esperando-nos para fazer a lição de casa – bem típico, mandar embora qualquer mau humor ou melancolia. Tinha pena de Nina, pena de nós. Sempre sozinhas a enfrentar as coisas. Nós e nossas disfunções.

Seba apareceu com uma moça. Nós a vimos descer do Jaguar, magra e alta (era bem mais alta do que ele), um casaco de falsa pele, branco, brilhante, tipo sintético. Nos abraçou e beijou as bochechas, como uma velha amiga. "Tranquilas, podem confiar, é capricorniana", disse papai, rindo – a astrologia ainda era uma paixão, mas desde que morava em Milão, menos. "A capricorniana" tinha cabelos loiros platinados, uma boca falsa e intumescida, coberta com um batom pastoso alaranjado. Seguia papai de forma preguiçosa, saracoteando até a sala, e mesmo aquela indolência com a qual ela o seguia tinha algo de descarado, de vulgar, aos nossos olhos. Ele não parecia prestar muita atenção; só o tempo de pôr a malinha no chão, lavar as mãos e logo estava na cozinha reunindo os ingredientes para fazer uma lasanha. Alegre, misturava o molho de tomate, preparava o bechamel, encaixava as folhas de massa; a altona não o acompanhava muito, no meio-tempo, olhava-o de forma ausente, empoleirada no banco em frente à bancada da cozinha, minissaia preta de couro que, repuxada com o sentar, mostrava as coxas sedosas e a bainha de renda da calcinha caleçon.

"Que tipinha, pobre coitada."

"Realmente... mas não dura, você vai ver."

Profecia correta: a garota desapareceu depressa. Alguns meses mais tarde, Seba apareceu com outra, também de Milão. Chamava-se Licia, era um pouco gordinha, de baixa estatura, sardenta com um rostinho gracioso e simpático, luzes verde-brilhantes no meio do cabelo preto.

"Gêmeos com ascendente em Leão: sou uma 'tipinha', segundo o pai de vocês." Rimos, bem-dispostas: parecia bem melhor do que a altona. Ela, Licia, parecia gostar um pouco de Seba. Insistiu em vir correr conosco, "assim eu curo a tontura do longo tempo de estrada", disse. Ao chegarmos à pista do aterro, logo percebemos sua força nas pernas e a boa resistência respiratória, Nina teve que se esforçar para não perder o passo.

Enquanto isso, papai esperava-nos em casa, feliz com aquele teatrinho pseudofamiliar – voltávamos para casa na companhia de alguém que não era nossa mãe, mas do mesmo jeito, sua mulher. Na Romanha, onde estivera a trabalho num casamento, havia comprado para si um avental de cozinheiro, vermelho, plastificado, com a impressão de uma foto de pizza marguerita, branco de muçarela, verde de manjericão, e até gotas iridescentes borrifadas de azeite. Símbolo do seu desejo obstinado de querer estar ali, presente, conosco, tomando conta da nossa vida doméstica com seu arbítrio. Mesmo assim, qualquer tentativa dele se revelava desastrosa: papai continuava a ser um peso, um convidado bochornoso.

Em Milão, o ritmo do trabalho era intenso, e eram cansativos os bate-voltas contínuos para Roma. Seba estava acabado, cada vez que ele vinha, eu notava outras rugas e uma nova opacidade no seu rosto cansado. E extenuado, tinha uma magreza desidratada; ele estava desenraizado, enquanto Gloria tinha outro passo, equilíbrio e prosperidade não lhe faltavam.

"Essa Licia sim, que é boa para o papai", disse Nina, sentada na beira da banheira esperando sua vez de tomar banho. "Ela o enfrenta... aliás, ela manda nele, eu diria, mas o faz de uma maneira gentil. E ainda faz cooper. Eu confio em quem corre..."

"Você está errada, ela não manda não", eu a contradisse, falei em voz alta para que Nina pudesse me ouvir do chuveiro, mas corri o risco, pensei logo depois que papai pudesse ter ouvido. "E depois, você exagera, Nina, julga demais. Quem é você para saber de que lado está a verdade?"

A tal Licia também não durou. Veio a Monteverde mais umas três ou quatro vezes com papai, de Jaguar, depois parou.

Ele sempre tenso, os olhos vermelhos com os capilares estourados, o olhar perturbado. "É porque dirijo demais", dizia. Eu desconfiava que, ao contrário, era porque ele, às escondidas, chorava com frequência. Ainda estava apaixonado pela mamãe, chorava porque sentia falta dela.

"Licia deve ter sacado a verdade, que papai, no fundo, é um homem passivo."

"Talvez, ou simplesmente não estava convencida da relação e teve a coragem de confessar."

"Sei lá." Ao deslizarmos no plano sentimental, a temeridade de Nina desaparecia por trás de um desinteresse genérico. "De qualquer forma, veja como é o papai, Maddi. Se encontra uma coisa boa, não consegue fazê-la durar."

"Talvez. Mas você é excessivamente dura, já te disse isso. Você recorta tudo com opiniões categóricas demais..." Ela já não me ouvia mais, saíra do banho e retomara seu desabafo enquanto secava os cabelos com a toalha, mantendo a cabeça para baixo.

"Quanto eu gostaria de não vê-lo pela casa! Não tê-lo ao nosso redor, com toda a atenção que pede todas as vezes que cai de paraquedas por aqui. Esse fingimento de uma vida normal, nossa, com ele, Maddi, eu vou te dizer a verdade, me dá pena. Hábitos inventados, inexistentes."

O tempo passou, Nina tornou-se uma jovem mulher. Bela e despreocupada com sua beleza; atenta demais aos outros, hipersensível aos comportamentos alheios, sempre pronta a ressentir-se, tornar-se obcecada. Na escola, houve um problema com o professor de ciências que, segundo Nina, estava contra ela, de marcação. O tumulto começara por conta de uma nota 5 que ele lhe dera sem uma motivação real, não merecida. Assim como acontecera, anos antes, na apresentação de dança, quando Nina também esperava que seus colegas se solidarizassem com ela contra a professora, mas acabou explodindo por não receber apoio. Havia perdido uma semana de aulas e ameaçava perder muitas mais, corria o risco de repetir o ano (e se não fosse por Mylène e seu jeito muito paciente de persuadir, sem dúvida teria sido reprovada). Irritava-se com qualquer coisa, minha irmã, e inventava histórias inexistentes que nunca terminavam bem. Eu me esforçava para absolver, ela teimava em condenar. Ela apontava o dedo contra papai e suas tentativas desajeitadas de estar perto de nós, eu tentava concentrar-me em outras coisas. Eu aparava as arestas, tentando arredondar os cantos. Não podíamos fazer nada, a realidade tinha que ser aceita tal como era. Eu não podia sentir raiva nem identificar-me com o vitimismo de Nina. Teria me fragilizado demais.

"Bastaria que o papai tivesse um pouco de paciência. Tratava-se de esperar, mamãe certamente voltaria." Parece muito boa em se adiantar com seus pensamentos, minha irmã.

Eu mal lhe respondia, esmagada como me sentia pela melancolia domesticada, vestida de maturidade. Tínhamos passado um dos nossos domingos mágicos com Gloria, aquele tempo com ela corria com fluidez, era pleno, doce de ser vivido. Queríamos pará-lo, o tempo, e depois que a mamãe ia embora queríamos segurar cada imagem, guardá-las num lugar protegido no coração.

A verdade era só uma: sofríamos, sofríamos de uma dor aguda que nunca se atenuava.

Nos encontros conosco, Gloria nunca vinha acompanhada por Marcos. "Mamãe, você não encontra mais aquele cara?", perguntou Nina enquanto as três juntas, sentadas no "nosso" banco da Villa Pamphili, o primeiro à esquerda depois da entrada, pintávamos as unhas. Era um esmalte azul elétrico, levado por Gloria, e era espalhado com cuidado, por ela, sobre nossas unhas. Um domingo de tempo instável, ar quente demais para ser março, nuvens desfiadas manchando um céu esbranquiçado e uma luz que era um estorvo, feria os olhos. Mamãe teve um sobressalto ao ouvir a pergunta de Nina, algo devia pesar sobre seu coração vendo como respondeu com rapidez. "Claro que encontro Marcos. Todos os dias, desde que voltamos juntos da viagem." Esperando que o esmalte secasse, eu ouvia aquelas palavras e olhava para as pedrinhas, o brilho que refletia o céu tão branco. "Estou esperando que o juiz da vara de família me conceda a autorização de levá-las para casa um domingo desses", mamãe acrescentou por fim toda aquela revelação. "Casinha, hein, nada de especial: só dois cômodos, mas bem arrumadinhos, bonitinhos. Tem até um piano, já estava no apartamento quando o alugamos mobiliado. Ah, que bom se vocês puderem vir! Marcos também ficaria muito feliz..."

Chamava-se Portonaccio o bairro em que ficava essa casa. Um nome que eu nunca tinha ouvido, soava vagamente ameaçador. "Portonaccio", em italiano, um portão feio. Porta aberta para uma notícia difícil de ser recebida – um pulo no escuro, para mim e para Nina. Gloria ficara em silêncio. Escutava. Espelhadas nos seus óculos de sol, nos via, suas filhas; nossa sensação de extravio, as outras perguntas que não sabíamos como fazer. Passara um vizinho de casa, um senhor solteiro, como todos os dias, para levar seu labrador a passeio pela Villa. Nos cumprimentara fazendo um gesto com a mão, sem se aproximar, não trocou nenhuma palavra, como costumava fazer quando estávamos com Mylène e o encontrávamos. Esboços de sorrisos. Nina quase levantou, estava prestes a cair no choro; mamãe, ao perceber, puxou-a para perto de si, cingindo os ombros com o braço enquanto acariciava a testa e beijava seus cabelos e estendia a mão até mim. Juntas, as três, eu só um pouco mais para lá. Olhava-as, Nina e Gloria, minha irmã e minha mãe; tão amadas e tão parecidas as duas, tão diferentes de mim.

Então Gloria e Marcos moravam juntos – de fato, era como se ela tivesse se casado novamente. Quanto cuidado, pensei, quanta atenção: tanto tempo sem nos dizer nada, numa espera paciente e cautelosa para encontrar o momento certo para dizê-lo. Agora sabíamos uma coisa nova: que existia na cidade um lugar, outra casa, que poderia também ser a nossa, aonde, porém, era proibido que fôssemos.

Convencido de que dividir nosso cotidiano entre nossos pais pudesse nos desestabilizar, o juiz não autorizou nossa visita a Portonaccio. Justificou sua decisão dizendo que nossa rotina deveria continuar a ser aquela de Monteverde, com Mylène. A injustiça das visitas de Seba, duas vezes por mês, e nenhuma de Gloria, que encontrávamos do lado de fora nos domingos que sobraram, isso parecia-lhe mais legítimo. Como não viajávamos a Milão para estar com Seba, também não iríamos até Gloria em Portonaccio. Em vez disso, o juiz concedeu outras aberturas para o verão. Uma semana de férias com mamãe e Marcos, simétrica a outra semana em agosto pedida por papai para nos levar a um passeio nas montanhas. Era abril, ainda faltava muito tempo. Mesmo assim, uma felicidade febril, cheia de adrenalina, tomou conta de nós. Não falávamos de outra coisa. Aonde iremos? Praia, campo ou montanha? Nina movia-se ruidosamente querendo saber.

Daí a nova serenidade da mamãe, seu jeito mais maduro em relação a quando vivia conosco não dependia somente do ótimo trabalho que encontrara no meio-tempo – mas também da relação emocional estável, destinada a durar. Mais adulta e mais autoconsciente, era como se Gloria sentisse pudor da sua beleza do passado, carregava-a de maneira atabalhoada. Agora, pelo contrário, seu charme era exibido com segurança. Resplandecia; quando almoçávamos em algum restaurante, no momento de ir embora, todos se viravam para admirá-la, tão linda ela era.

Voltarei à via Borgognona, em Roma. Uma rua muito silenciosa de manhã cedinho – só fica movimentada mais tarde, quando abrem as lojas. Gloria, por anos, ia todos os dias lá: deixava Portonaccio, pegava o metrô na estação Tiburtina, fazia baldeação em Termini, chegava a piazza di Spagna. Poucos metros, esquerda, direita, ali estava a loja.

Mamãe era muito sociável quando garotinha, como Nina; as duas têm talento para os encontros. Gloria fizera amizade com algumas mulheres da sua idade, depois as perdera de vista até, depois de voltar da sua viagem à Argentina com Marcos, encontrar no metrô uma ex-colega de turma. A tal fez-lhe uma grande festa. "Gloria, mas é você? Sempre linda. Duas filhas, não é? Puxa vida, ainda tão elegante, perfeita, sorte a sua!" Desceram juntas na estação Spagna, Gloria acompanhou a colega até o trabalho. A garota fazia estágio como atendente da Gucci, na via Borgognona; convidou Gloria para entrar e conferir a loja. Ao vê-las aparecer, o diretor ficou logo impressionado – como não perceber Gloria, atenta em cada gesto, caminhada elegante, as pernas alongadas se cruzando, o sorriso sempre aflorando nos lábios e aquele verde para perder-se em seus olhos. Algumas perguntas casuais, uma breve conversa. Três dias mais tarde, Gloria também fazia um estágio e logo, diferente da sua ex-colega de turma, fora contratada por tempo indeterminado. O puro acaso, que é puro porque nunca é casual, havia criado a grande oportunidade – um cargo de responsabilidade que caía como uma luva para mamãe: sua ascensão profissional, desde aquele momento, foi ininterrupta, levou-a de promoção em promoção até tornar-se a diretora responsável daquela loja da Gucci onde entrara só para dar uma volta.

Trabalho próspero. Seba, ao contrário, patinava e não saía do lugar, submerso pelos compromissos, cansado, sozinho. Agora vinha nos visitar sem namoradas. Chegava na sexta-feira, muitas vezes já estávamos dormindo; ao acordar, o encontrávamos na cozinha de roupão bebendo café. Bolsas de inchaço sob os olhos, rugas cada vez mais proeminentes e marcadas. Não falava mais de astrologia nem de outras leituras oraculares; em geral, falava pouco. No fundo daquelas pupilas sempre móveis, inquietas, eu via uma grande preocupação consigo mesmo, com sua vida. Sentia pena, Nina não. "Imagina; não são tão boas as intenções do papai, como você acha, Maddi; é também um grande oportunista e um chato. E depois, desculpa, não somos grandes demais para ter um homem andando pela casa duas vezes por mês durante todo o final de semana?" Sim, eu concordava. Conviver com Seba era pesado, difícil, e não era natural o frenesi do seu empenho para cozinhar para nós. Tudo verdade. Verdade também que deveria ser aceito: era nosso pai, vir nos visitar em Roma era um direito do qual não podíamos privá-lo, e sua permanência conosco em casa era sim um privilégio arbitrário, mas que ninguém, começando por nossa mãe, teve a capacidade de contradizer.

Num domingo de manhã chuvoso, entrando na cozinha o surpreendi enquanto mexia num pó branco esparso pela mesa. Pó fino como areia que se destacava de tão branco sobre a bancada de ardósia. Seba recolheu-o num montinho e abaixou para uma longa carreira. Poderia parecer farinha, tão fina, mas reluzia com tiras brilhantes que eu nunca havia visto na farinha.

"O que você está fazendo, papai? O que é essa coisa?", perguntei de um jeito direto como não fazia nunca.

"Um sal especial que comprei em Milão", explicou, acrescentando que tinha de ser estendido daquele jeito para que pudesse depois passá-lo numa peneira antes de repousar na escuridão do depósito. Detalhes em excesso, explicação estranha; logo pensei que estava mentindo. Não sei se era ou não cocaína, claro que fora espontâneo, para mim, associar aquele pó branco à magreza de papai, à sua pele desidratada, ao seu olhar evasivo no qual eu via, como nunca antes, pestanejar a apreensão.

Papai drogava-se. Não era claro para mim o que isso significava exatamente, porém eu o intuía e, muda, confessava-o a mim mesma.

Ho visto Nina volare/ tra le corde di un'altalena/ Un giorno la prenderò/ come fa il vento alla schiena.*

O que Nina faz é queimar etapas. Sempre queimou: no amor, mas também no resto. Mais do que voo, ela é uma tempestade de vento. Joga-se nas coisas, atropela-as e deixa-se atropelar. Meus olhos são castanhos, cor de avelã que se mancha de verde se olho para a luz quando está claro. Queria ter os olhos de Nina, os mesmos da mamãe, sedutores sem serem sonhadores, ao contrário, olhos com uma expressão inflexível e, às vezes, também implacáveis. O olhar de Gloria e de Nina: capaz de encarar até gravar cada detalhe e ter decidido o que fazer, como agir. Sempre achei que era mais míope, que sabia penetrar as coisas menos do que elas. Fortaleza e cofre. Proteger-me com minha carapaça, igual à tartaruga que lentamente continuava, todos os dias, a perlustrar amplas partes da nossa sacada.

Sempre deixei que o ímpeto fosse de Nina. Nina, com suas sobrancelhas arqueadas como asas de gaivota. Magnética. Ela seduz, sempre o fez. Seduz com seus humores que estão

---

* "Vi Nina voar / entre as cordas de um balanço / um dia vou pegá-la / como o vento faz com as costas", trecho da música de Fabrizio De André "Ho visto Nina volare". [N. T.]

sempre mudando. Encanta-se com as pessoas, estabelece relações vibrantes com quem lhe interessa; depois, quando as coisas param de funcionar como quer, ela pega e corta. Vi todas as amigas desaparecerem, uma depois da outra: poeira de estrelas. Rebecca, depois de levar um fora por uma história de bilhetinhos escritos em classe e, segundo Nina, escondidos com a intenção de "acabar com ela", encontrou-me um dia durante o recreio e aproximou-se no pátio para me dizer: "Mas o que tem sua irmã? Como ela é má, má como se *tivesse o coração envenenado*".

A verdadeira vítima da sua destrutividade, quando era acometida, era ela mesma, minha irmã. Mas não antes de ter aniquilado a todos: Rebecca tornou-se "a cobra", Vittoria "uma pobre idiota" e assim por diante. Nina era como uma broca abrindo e esboroando a terra ao seu redor. Ninguém era capaz de ferir com as palavras como ela: nem Valentina, minha filha, na fase mais difícil da sua adolescência soube ferir-me como minha irmã – Nina, que quando está de boa sabe ser uma pessoa deliciosa, cativante, uma pessoa com quem é impossível entediar-se. Mas por outro lado, com a história de infância que tivemos, como esperar outra coisa? Cada uma de nós tem o seu nó e o seu jeito. Mais uma vez, dois lados da mesma moeda. Soma de uma mesma falta.

O alvo preferido da ira de Nina era Seba, sempre. "Mas o que você quer, o que espera, papai? Você nem vive conosco, como é que se permite abrir a boca?", enfrentou-o uma vez enquanto brigávamos, era um sábado à noite quando Seba não a deixou sair. "Você nunca está aqui, nunca esteve. Vem fazer o papel de falso cozinheiro e nos estressar com seus manjares... Pare, deixe-nos em paz, é só isso que você precisa fazer."

Com o coração tumultuado, esperei a reação de papai. Mas ele nem se mexeu. "Sua irmã, com essa personalidade horrível que tem, irá enlouquecer os homens", sombrio, só comentou isso, depois que Nina deixou a sala batendo a porta. Eu, quieta; funcionava como um ponto do meio entre os dois, desempenhava sempre o mesmo papel, ele me dava um propósito que preenchia meu vazio. Forte, fortaleza. Todas as vezes, mais uma confirmação.

"Precisa saber ter jeito para levar sua irmã", dizia-me Mylène sobre Nina. "*Elle lui faut de tonnes de calins, des caresses: rien d'autre*"– abraços, carinhos, era isso que precisávamos saber lhe dar: muitíssimo afeto. Será pela disciplina esportiva que nos ensinava, será porque foi a única que nunca cedeu às provocações da minha irmã, Nina confiava em Mylène, respeitava-a como não respeitava mais ninguém.

Professores, pais dos colegas da escola, conhecidos, vizinhos, parentes: não havia em nosso mundo ninguém que não tivesse uma boa opinião sobre Mylène. Era nosso anjo da guarda, uma jovem dinâmica e consciente que vivia conosco. Foi graças a ela, "à francesa", que as irmãs Cavallari se salvaram daquilo que poderia ter sido uma infância dramática e de uma juventude desatinada. Mylène fora a nossa sorte, não há dúvida. Talvez, no fundo, sem verdadeiro calor humano, mas soube garantir-nos uma vida serena, sem altos e baixos, poucos acontecimentos e um fluxo normal, equilibrado, do tempo.

"Espero somente que você não vá embora", disse-lhe Nina uma vez quando voltávamos carregando muitas sacolas de compras feitas no supermercado Conad da piazza San Giovanni di Dio e estávamos à espera do sinal verde, paradas na via di Donna Olimpia.

"Por que eu deveria ir embora? Fique tranquila, não tenho nenhuma intenção de deixá-las, Nina!", exclamara rindo Mylène, pouco antes de enfrentar a subida da via Fonteiana. Voz clara, nunca uma nota em falso. Pragmatismo, sentimentos sólidos, seguros. "*Non se ne esce*", "*gatta ci cova*", "*non mi fate fessa*":* ria sozinha, antes rimos nós, pelo seu virtuosismo com a língua italiana que muito nos divertia. Algumas noites, antes do jantar, tocávamos no piano, Mylène e eu em dueto, "Clair de lune" de Debussy. Nina assistia ao concerto, seguia nossos dedos acariciando as teclas, a melodia tomando forma, difundindo-se pelo cômodo e o preenchendo. "Bravíssimas, fantásticas, sensacionais!", nos inundava de louvores no final. Momentos felizes nos quais ver minha irmã feliz tirava-me um peso. E depois a outra alegria, o esporte. Fazer cooper, aquelas corridas em que Nina era excelente e eu me arrastava. Íamos todas as tardes para a pista, ao terminarmos as tarefas, exceto nos dias de chuva – mas chuva forte: "Não vamos ficar em casa de jeito nenhum se for só uma garoa", afirmava Mylène, acostumada com o clima na França com outros rigores invernais.

No aterro era ela quem liderava. Começava a pular devagar, levantava os pés do chão quase de forma imperceptível. "*Allez hop*, garotas, *c'est parti!*" Mylène ensinava-nos o passo do cooper e como ter resistência, como manter constância no movimento sem despender energia. Para Nina era fácil manter aquele ritmo, a marcha do trote era algo natural para ela, assim como, ao observá-la correr, adivinhar que iria se tornar uma ótima corredora.

---

* As expressões idiomáticas citadas são usadas quando se tem profundo domínio da língua, os equivalentes dinâmicos em português seriam algo como "não tem remédio", "aí tem coisa", "não nasci ontem". [N. T.]

Eu tinha dificuldade, ficava para trás. Por prudência instintiva, para que a respiração não ficasse curta, eu dosava o passo, calibrava os esforços; atordoada pelo medo de que os pulmões pudessem me trair, não usava minha respiração de forma espontânea e como seria correto fazer. A asma estava sempre à espreita, eu pensava isso e tinha cautela – guardadas numa pochete presa à cintura, estavam sempre comigo as bombinhas. Nina, no meio-tempo, corria sempre melhor, sempre mais rápida e com maior resistência; "arraso", dizia de si mesma. "Não tem outra, quando eu corro, arraso": repetiu também no pátio, diante das suas ex-amigas, incomodadas mas sendo todas ouvidos. Uma vez passou um treinador importante na pista, da Fifa do Lácio, conhecido daquele Roberto com quem Mylène adorava parar e conversar à margem do aterro. Disse, com seu sotaque romano, "Aposto que essa menina tem futuro", ouvi dizer enquanto pouco distante Nina concluía sua vigésima volta no circuito. Eu, com muito esforço, conseguia dar uma volta; preferia abandonar a pista, ir até minha árvore preferida, um pinheiro bem alto, lá abrir meu tapete de borracha e dedicar-me aos exercícios estáticos, mais adequados a evitarem acelerações perigosas dos meus batimentos cardíacos.

Voltávamos para casa suadas, acabadas e, depois do banho, muitos jantares eram em silêncio, muita fome, passar os pratos uma para a outra, beber, nutrir-se, recuperar as forças; harmonia perfeita. Os vazios das ausências, as casas distantes dos nossos pais sempre em nossos pensamentos. Faltas tangíveis, concretas, que eram impossíveis de se preencher e difíceis de justificar. Contudo, graças a Mylène e aos treinos esportivos que a cada dia apresentavam benefícios, eis que encontramos nosso ritmo. Havíamos deixado o caos para trás; Seba e Gloria tinham sua existência separada, como preferiram, deixando-nos sozinhas numa casa absurdamente nossa, "casa das meninas". Agora nossa vida tinha uma espécie de luz própria, autônoma, luz clara que emergia da ordem.

Julho chegou, não aguentamos mais de tanta felicidade por sairmos de férias. Os verões anteriores tinham sido numa colônia de férias, perto de Anzio, e três vezes com Seba em Porto Empedocle, num hotel cujo proprietário fora um noivo fotografado por papai que se tornara seu amigo. Mas viajar com mamãe era diferente, mais especial do que qualquer outra coisa. Fomos com Mylène à OVS* para escolher trajes de banho: Nina encontrou um biquíni amarelo vivo, uma calcinha minúscula e um sutiã reforçado. Para mim, um maiô azul-escuro com a cava baixa, reta e punitiva; minhas coxas emergiam atarracadas como duas linguiças compactas.

Encontro no Lungotevere à altura da ilha Tiberina. A manhã ainda era fresca, o cerco do calor só chegaria mais tarde. Gloria veio até nós depois de descer do Volkswagen Polo vermelho estacionado em frente à entrada da piazza Piscinula, onde estava marcado o encontro. Usava um vestido branco sem alças, um cinto largo turquesa preso na cintura que deixava a saia rodada. Atrás, de bermuda longa e camiseta escura, estava Marcos. Lembrava-me vagamente dele, agora tinha bigode que não me parecia ter visto antes. Percebi também uma covinha dividindo o queixo quadrado ao meio, viril. Não víamos Marcos havia anos, desde aquele dia no parque quando Nina teve um ataque histérico e machucou o joelho. Agora estava lá, sorrindo, um bocadinho nervoso. Ele saberá estar conosco, pensei.

"Boas férias, garotas, *protifez bien*", foram os votos de Mylène ao ir embora. Para aquela ocasião, ela escolhera um ves-

* Loja de roupas análoga a uma Renner ou C&A. [N. T.]

tido feminino, azul-escuro com flores violetas e azul-claras, caía-lhe muito bem. "Que pessoa, se houvesse mais gente como ela, o mundo seria diferente", Gloria comentou enquanto observávamos Mylène se afastar pela rua Lungaretta. Mamãe adorava Mylène e naquela manhã, estando tão feliz, teve vontade de reafirmar isso.

Sabíamos que nos esperava uma localidade marítima, já que compráramos os trajes de banho; agora, sentadas no Polo dirigido por Marcos, nos informaram, enfim, sobre o destino. Íamos a Terracina, e do seu porto embarcaríamos para Ponza. "Ponza, a ilha?", perguntei eletrizada. Nina estava em silêncio: havíamos invertido nossos papéis de costume, eis que me tornei a desenvolta entre as duas. Depois a *strada* Pontina, poucas árvores, muito sol, Marcos dirigia de forma segura, mamãe estava ao seu lado, ouvíamos um CD de Michel Petrucciani. Muita sintonia entre os dois, dava para sentir, uma percepção que me fez companhia por toda a viagem.

Ao descermos do hidrofólio, a beleza da ancoragem nos nocauteou: tudo era luminoso, amplo, a luz do céu era de um azul penetrante, o reboco das casas que davam para o porto e que, encavaladas na lateral da colina, compunham um caleidoscópio de cores, azul-claro, vermelho-terra, rosa-claro, amarelo-ocre. Parênteses de compensação: era isso, nas intenções do juiz da vara de família, que deveriam ser nossas férias; pura felicidade, de imediato.

Nadávamos bem, ambas, mérito de tantas manhãs de domingo passadas com Mylène na piscina delle Rose no bairro Eur. Braçadas seguras desde o primeiro dia em Cala Feola, quando nadamos com Gloria até o fundo; se durante aquela nadada me faltasse o ar por algum momento, eu tinha as duas ao meu lado, minha mãe e minha irmã, feito sereias e anjos da guarda. Sentadas próximas umas das outras, nas pedras, tomamos sol, mamãe linda em seu biquíni branco com argolas cor de bronze que juntavam as pontas de amarrar tanto da calcinha como do sutiã. "Como somos gostosas, vocês se dão conta?", disse Nina, e à noite, dando um tapinha goliardesco nas costas de Marcos, "Que férias, hein? Com três mulheres assim..." Quando abandonava sua desconfiança defensiva, Nina dava o melhor de si. Gostava de tudo, ela, como eu, sentia-se entusiasmada. A surpresa das férias, porém, não foram nossas nadadas, nem o constante bom humor de minha irmã, nem os pulos e as cambalhotas dentro d'água, nem os longos mergulhos no mar equipadas com máscara e *snorkel*. Pelo contrário, foi viver no barco: Marcos alugou uma pequena lancha no porto, motor velho, pintada de branco com seu nome (Fides) impresso em azul com uma grafia esvoaçante do lado esquerdo da proa. Que alegria, que delícia. Um ritmo de vida ao qual nos acostumamos imediatamente: atracar no ancoradouro, mergulhar, secar-se ao sol, jogar-se de novo na água; de vez em quando, com a pequena lancha, chegar até o outro ponto da ilha para dar outros mergulhos e ter mais horas de sol. O mar, este verdadeiro, o tempo dilatava-se, livres como estávamos dos horários de ônibus e difíceis caminhadas para chegar até a enseada ou às outras duas únicas (e lotadas) praias da ilha – que a bordo do Fides íamos conhecendo por inteiro, navegando cada pedaço. Por horas descobrindo promontórios escondidos, grutas, bacias d'água escavadas nas rochas queimadas pelo sol. Marcos era muito capaz tanto de navegar quanto de ancorar a pequena lancha em alto-mar. Nem sempre eu gostava do seu jeito. Falava pouco, pouco demais, me parecia um exagero ser tão reservado: no fundo, era o companheiro da nossa mãe, por que é que ficava sempre um passo atrás em todas as coisas? Pela primeira vez era eu, e não minha irmã, quem suspeitava, quem se irritava. A ciumenta.

Quando chegava o momento de levantar a âncora e ir embora das enseadas e praias, antes de ligar o motor, Marcos remava. Remadas regulares, a pequena lancha nunca balançava. Seguíamos seus movimentos com muita admiração.

"Onde é que você aprendeu tão bem?", perguntou-lhe Nina um dia – da proa onde estava, levantando a voz para ser ouvida contra o vento. Ele era simpático com ela, até aí eu tinha certeza, percebia a confiança com a qual ela se dirigia a ele, sem destruí-lo com o olhar como a via fazer com papai e outros homens. Empurrado pelo vigor das remadas, enquanto isso, o barco avançava na água. Marcos, silencioso, olhava o horizonte; havia recém-subido no barco depois de um mergulho, o bigode molhado exibia pérolas de gotas que reluziam. Poucas palavras precisas ditas no italiano que ele havia aprendido a dominar, com a ajuda de Gloria. "Como aprendi a remar, você quer saber? Ué, é algo que eu fazia quando menino: um tio me levava para andar de caiaque no rio Paraná. Eu era razoavelmente bom, participava até de campeonatos regionais." Gloria estava na proa com Nina e sorria, um sinal de aquiescência um pouco embasbacado de quem já sabe como a história vai terminar. Eu, sentada de lado, olhava em direção à popa, o barco se rebaixava com nosso peso, os redemoinhos de espuma se agitavam ao redor da hélice do motor.

"Ganhei três torneios seguidos; depois parei, já não me interessavam as competições. Mas mesmo com o passar dos anos, remar permanece uma paixão. Olha, Nina..." – dissera Marcos após levantar as hastes e colocar as pás dos remos sobre o convés – "veja, pegamos velocidade, estamos indo com o vento a favor. Como os pássaros quando param de bater as

asas e planam para baixo. Seguem com sua própria energia, de *fuerza autónoma*. *Fuerza autónoma*, é isso o que me interessa..."
Graças a uma cliente da loja Gucci, amiga de Gloria, Marcos conseguira um trabalho em Roma como assistente de técnico de som no cinema. Não era um trabalho estável, que lhe desse garantias para o futuro; porém, desde o começo, as coisas foram dando certo, facilitadas pelo fato de que Gloria, com seu ótimo salário, podia garantir a Marcos um tempo para engrenar no trabalho. Com certeza ele lhe era grato, ainda que preservasse um fundo de rancor como ocorre com quem recebe muita ajuda – um mal-estar que naquelas férias vinha à tona, de vez em quando, através de certos gestos nervosos dele que eu observava em relação a mamãe, certos silêncios prolongados nos quais Marcos se chafurdava, de repente um ar absorto e preocupado. Eu registrava aquelas mudanças de humor, vendo Gloria muito mais feliz e radiante do que ele, assim como teria pensado, acho, ao compará-la com qualquer outro homem que estivesse ao seu lado, papai em primeiro lugar.

O trabalho, de qualquer forma, tinha começado bem, com o pé direito. Já tinha colaborado em dois filmes e recebera algum reconhecimento: era confiável, preciso, potencialmente bom. As férias em Ponza eram suas primeiras na Itália, sabia que no outono mais três colaborações estavam à sua espera. Inspirava confiança, isso era verdade. Um homem prático, paciente. Uma tarde, o motor da pequena lancha apresentou defeito e Marcos resolveu a situação em uma hora, deixou-nos num rochedo e com o ônibus foi até o porto, voltou com um frasco de gasolina e uma grande chave de fenda, preciso, atento, alguém que jamais nos colocaria numa situação de dificuldade, foi o que pensei.

Ensinou-nos a remar. Poucas palavras, muitos exemplos, gestos essenciais repetidos dezenas de vezes. Singrar o mar escavando-o "como se no lugar das pás os remos tivessem *cucharas...* qual é a palavra, Gloria? Ah sim, imaginem que no final das hastes dos remos há colheres". Recolher a água, deslocá-la, e graças ao deslocamento avançar. Eu me esforçava para entender o mecanismo, era difícil, para mim, oscilar meu busto. Marcos, com paciência, mostrava novamente o movimento das hastes, a inclinação precisa das pás, a melhor técnica para manter a postura.

"Mas como raios se faz isso?", perguntava Nina, sem paciência por não conseguir "drenar" a água como Marcos tentava nos ensinar.

"*Cortar; se debe cortar el aire*, corte, você precisa cortar, como quando está *en el columpio...* como se diz, Gloria?"

"No balanço."

"Isso, como quando você está no balanço e precisa pegar impulso, o que você faz, Nina? Não se mexe também para cima e para baixo para *empezar*?"

Nina no balanço: sempre lá estavam suas questões. Nina e seus balanços.

Era possível entender como Marcos tinha feito a mamãe se apaixonar. Havia aqueles momentos em que estava nervoso, mas no resto a comparação com nosso pai era espontânea, e a vantagem era toda de Marcos, uma pessoa com os pés no chão, era o que eu pensava naqueles dias. Alguém com quem o tempo flui com facilidade. Um homem capaz de encarar a vida, sem precisar fotografá-la para se esconder.

"A mamãe parece mesmo muito feliz com Marcos, não é, Nina? E estamos bem aqui em Ponza, não acha?" Estávamos em nosso quarto, recém-acordadas. Um gominho de céu azul e uma porção de mar emoldurados pelo recorte da janela, um dia de barco que nos esperava: tudo emocionante.

"Estamos bem, muito bem sim", concordou Nina enquanto penteava os cabelos, ainda vestindo a camisola, "... mas não acho que eu ficaria mais do que uma semana. É um momento excepcional, e como diz Mylène, a exceção tem as pernas curtas".

Sorri, quando minha irmã estava bem desse jeito ela sabia (e ainda sabe) me deixar de bom humor como ninguém mais sabe. Tínhamos que descer para o porto, com certeza Marcos e mamãe estavam preparando a pequena lancha para zarpar. Naquele dia, como nos outros, Gloria devia ter preparado sanduíches deliciosos, pizza com presunto e figo, biscoitos de maizena do doceiro de Santa Maria que tínhamos descoberto, incrível, já no primeiro dia comemos uma bomba de creme, assim que chegamos. Tudo teria sido muito divertido, os mergulhos, as remadas, os silêncios. Eu, ao contrário de Nina, teria, com muito prazer, prolongado aquelas férias excepcionais. Ter Gloria sempre por perto, sentir que ela nunca nos perdia de vista, que nos seguia, nos ouvia. Desfrutar da reiteração do seu amor: uma manhã, abri os olhos e a vi aos pés das nossas camas, olhava-nos; finalmente podia nos ver dormir, isso não acontecia havia muitos anos.

Terminado o dia no mar, depois de ter atracado a pequena lancha num dos pilares da plataforma do cais, Marcos se detia ainda um pouco para arrumar o barco; com uma mangueirinha ligada ao pilar da doca seguinte, lavava e limpava popa, proa, os bancos e o piso. Depois ia até alguns marinheiros que bebiam sentados no bar, alguns metros adiante, perto do depósito de cimento. Pedia uma cerveja, pegava seu lugar na mesa e se entretinha com eles. Talvez compensasse por lá seu sentimento de frustração por ser (no momento) mantido por Gloria. Os marinheiros faziam-lhe muitas perguntas: despertava muita curiosidade, aquele estrangeiro, acompanhado por três mulheres que todos acreditavam serem sua família, uma mãe lindíssima e duas filhas grandes.

Marcos bebia mais, deixava o tempo passar; precisávamos ficar as três sozinhas, ele parecia saber e também por isso se demorava. A casa que alugamos estava entre as mais altas acima do porto, no final de um beco íngreme, poucas curvas, muitos degraus. Lá de cima víamos a baía inteira, maravilhosa; uma sucessão de enseadas e barcos, cores e casas, e o mar, vasto e naqueles dias, para nós, tão amistoso. Voltávamos com Gloria, caminhando em fila, suadas e um pouco ofegantes ao chegarmos ao topo – duas vezes tive que usar a bombinha porque a umidade do ar e aquela subida tão íngreme pareciam convocar um ataque de asma, eu podia senti-la tão próxima, literalmente a um sopro de distância. E eu prevenia, desacelerava, a essa altura tinha aprendido como encarar aquilo.

A casa tinha dois quartos amplos, teto abobadado, paredes largas e impregnadas de um cheiro que misturava umidade e óleo. Tomávamos banhos rápidos como indicado pela proprietária devido à escassez de água doce na ilha durante a alta temporada. Depois, vestidas e perfumadas, com os pés bronzeados calçando sandálias sem salto, junto a mamãe, voltávamos para o porto. Nos sentávamos na piazza Santa Maria, num terraço/bar que dava para o mar; a noite descia, reflexos de índigo e rosa sobre a superfície da água. Os olhares dos outros passantes eram todos para mamãe: sua beleza saltava aos olhos, mesmo agora que não vestia nada de especial, um vestido largo simples de algodão amarelo, argolas grandes nas orelhas, na boca um toque de batom escuro. Pedia Campari Bitter, depois olhando para o mar, "Ah, filhas, que presente essas férias!", começava a dizer, emocionando-se sozinha. Que dádiva, de verdade. Tínhamos, finalmente, um tempo juntas à disposição: não a felicidade arrancada dos nossos encontros em Roma, marcados no ponteiro do relógio, a despedida que sempre pesava e retirava a espontaneidade de tudo. Aqui, as horas eram nossas, feitas de hábitos que nos era concedido inventarmos juntas. Trocar de roupa, preparar o café da manhã, aprender que a mamãe, recém-acordada, era suscetível e melindrosa, assim como Nina. Escovar os dentes e, rindo, fazer caretas no espelho. Tempo feliz que não quer mais nada além de si mesmo. Recuperar, remediar: era isso. Retomarmos aquilo que nos fora roubado. Éramos uma coisa só: Gloria, Nina e eu. Compactas, uma soma natural.

A pedido da mamãe, no último dia, Marcos nos acompanhou até a praia Frontone com a pequena lancha. Nos acompanhou até a praia, foi cavalheiro ao ajudar-nos a pular pela proa, uma a uma, as três, segurando a mão como se estivéssemos descendo de um cavalo. Depois se afastou, remando rapidamente para trás, antes de direcionar a lancha para o oeste e naquela direção, atrás da ponta, desaparecer. Frontone: uma praia de verdade, uma faixa de areia escaldante e lotada como há centenas no continente, muita gente, várias fileiras de guarda-sóis, praticamente impossível encontrar um espaço para nossas cangas. "Maddi, Nina, o que vocês acham se formos um pouco para lá à procura de um canto mais tranquilo?" Obedientes, seguimos a mamãe pela costa até o lado oposto do balneário; chegamos a um ponto protegido que, ainda que não estivesse vazio, era menos barulhento. Encaloradas e sedentas, bebemos grandes goles de água da garrafa que a mamãe havia nos oferecido. "Queria conversar com vocês", ela disse a Nina, pedindo-nos para esperar antes de mergulhar. Naqueles dias não contrariamos nunca a mamãe;

poucos segundo e eis que estávamos dispostas sobre as cangas estendidas na areia, o sol queimava as costas, as cabeças olhavam para o mar. Prontas para ouvir.

 Sob as abas largas do chapéu, o olhar de Gloria mirava ao longe, para além dos barcos no ancoradouro. "Fui muito feliz esta semana", ela começou dizendo, "feliz como não me sentia havia muitos anos, desde que vocês nasceram, posso dizer, e não estou exagerando." Havia uma ênfase naquela declaração, algo excessivo que, aos meus ouvidos, soava como inexplicável, quase um enigma. Palavras que, como uma maldição, marcavam o fim de um encantamento. A magia que haviam sido nossas férias até aquele momento se interrompeu, naquele instante, na praia do Frontone. Claro que eu entendia a urgência em dizer aquilo, ainda assim, nomear as coisas diminuía a felicidade espontânea, arrancava dela a intensidade – mamãe deveria sabê-lo, pensei com pesar. "Sofro muito, meninas; sofro quando não posso vê-las em Roma. Muitas vezes é insuportável a falta que sinto. Se não fosse pelo trabalho que me obriga a estar lúcida, sempre ativa, acho que eu já teria enlouquecido. É um buraco enorme, uma injustiça tão grande..."

 Estava calor, nos movíamos ruidosamente pela impaciência, Nina coçava nervosa a areia do pé. Mamãe não percebia nada: "O desconcerto, a raiva que vocês sentem eu posso imaginar. O peso que deixei sobre suas costas quando fui embora e que ritmo, que tempo diferente é o de vocês quando comparado ao dos colegas da mesma idade... eu penso nisso; penso todos os dias".

 Por uma semana, a alegria nos distraiu; eis que agora todo o peso da nossa anormalidade recaía novamente sobre nós, fechando outra vez as grades douradas – e falhas – da nossa gaiola da vida cotidiana de "ser órfãs sem sê-lo".

"Vou pra água, você também vem, Maddi?" Nina tinha razão em querer fugir, com braçadas frenéticas e desesperadas, nadava para desatar o nó da sua garganta, sacudir de si o peso da nossa história de filhas que Gloria, em poucos instantes, havia devolvido. Nadar sim, eu queria ser tartaruga, uma tartaruga marinha agora: retrair para dentro a cabecinha e com a carapaça, meu escudo, boiaria chutando para longe.

Gloria levantou-se, queria continuar falando, com o biquíni e o chapéu brancos como uma silhueta sobre a rocha escura parecia uma diva, uma misteriosa e encantadora Cassandra. "Depois deixo vocês em paz, prometo, mas deixem-me dizer mais uma coisa, meninas. Muitas vezes, minha ausência parecerá uma maldição, uma grande injustiça a qual foram submetidas. Mas eu não podia, é justo que vocês saibam isso na idade de vocês. Não podia. Não podia ficar. Eu não teria sido capaz, não teria resistido..."

Olhei para Nina, mais uma vez, meu primeiro pensamento. Temia sua reação, mas minha irmã ficou em silêncio e sorriu, interdita tanto quanto eu. Finalmente um mergulho. Nós no mar: nós em nossos diferentes trajes de banho e em nossos corpos desiguais e uma oposta à outra. O *crawl* de Nina era muito mais rápido do que o meu, mas ela ia mais lenta para que pudéssemos nadar quase em paralelo, para chegar até o ponto onde estavam ancorados os barcos onde, logo mais, capitaneada por Marcos, teria chegado Fides, a nossa lancha durante aqueles dias.

Estou aqui, mas também não estou. Estou, embora pareça que não tenha estado. E se não estava é porque eu não dava conta; porque não só eu não conseguia, mas não teria conseguido. Como um pedido de absolvição. Mas era o último dia das férias, puxa vida. Com que voz responder àquele grito de amor?

Passamos a última noite em Ponza, Nina e eu, no telhado da casa, o golfo e as luzes do porto sob nós. Serviam como nossos encostos as corcundas que correspondiam às cúpulas do teto dos quartos. No chão, havia quatro barras de ferro amuradas para pendurar roupas, os lençóis estendidos ainda estavam úmidos, emanavam o perfume de almíscar do detergente. Lua minguante, uma unha fina no meio de um céu estrelado espetacular.

"Confio só em você, Maddi. Nessa bagunça toda, só em você", disse Nina.

O mar ao longe era escuro, eu o perscrutava em silêncio. Bastávamos nós a falar, nós duas ali, irmãs, sob aquela abóbada preta entre a ilha e a água.

"Você nunca pensou", pergunto a Nina, "na coragem que a mamãe teve aquela vez que falou conosco na praia, em Ponza. No final das férias com Marcos, lembra?"

"Claro que me lembro. Coragem, você acha, Maddi? Muita racionalidade, também. Queria aliviar a consciência dela, a dimensão das férias a tranquilizava. Amortecia seu sentimento de culpa."

Não respondo. Ultimamente, as ideias de Nina, suas opiniões, convicções, juízos, me afetam menos. São problemas dela, não meus. Estamos no táxi, em Nova Iorque. É Natal e não *Thanksgiving*, mas, mesmo assim, ela pôs na cabeça que quer assar um peru. Assim, na manhã seguinte à nossa chegada – eu virada do avesso pelo *jetlag*, Pierre, Valentina e Sam deixados no apart-hotel para dormir –, tive que me precipitar com minha irmã a Fort Greene, entre as banquinhas do mercado de pulgas do Brooklyn na Williamsburgh Savings Bank Tower, para comprar os ingredientes do *brine* (a marinada na qual se deve deixar o peru curtindo) e o *stuffing* (recheio). Assim que compramos tudo – louro, tomilho, alho, cebolas, maçãs, linguiças, aipo, limão, ervas aromáticas, pão doce de polenta, molho de airela –, carregadas com sacolas e sacolinhas fomos a Boerum Hill, duas paradas de metrô mais adiante, no açougue asquenaze, onde o imenso animal de três quilos reservado por Nina nos esperava já empacotado. Agora no táxi, engarrafadas num trânsito infernal, esperamos voltar para casa. "Não se iluda, Maddi", insiste Nina, "se a mamãe aquela vez falou era por ela mesma, nada além disso." O ódio e a desconfiança de sempre, nada muda na minha irmã. Naqueles mesmos dias, em Nova Iorque, vejo-a nervosa e briguenta com Brian. Uma noite, estamos prestes a deixar a galeria na Montague Street, aonde Brian quis levar Pierre e a mim para uma visita (havia alguns anos não vínhamos a Nova Iorque e não conhecíamos essa sede); são quase oito horas, às nove temos uma mesa reservada no Alfredo, um restaurante italiano que recebeu quatro estrelas do *Lonely Planet*. Vale e Sam foram para o Queens com uma amiga de Brian, somos só nós, os "adultos". Parabenizamos, Pierre e eu, pelo espaço da galeria que é realmente belo, amplo, cuidadoso nos detalhes, parquê branco, decoração minimalista, mas rebuscada, lâmpadas de led australianas que difundem por toda parte uma luz azulada, fantástica. Uma trepadeira de hera no muro de um hexágono no interior, um pátio em torno do qual Brian montou um perfeito jardim zen, areia, pedras, um pequeno córrego e, sob o falso arroio, pequenos nenúfares de plástico; do lado do escritório, recortado no fundo do *loft*, uma porta de correr laqueada em preto, um toque oriental. Depois das festas de Natal, está previsto o encerramento de uma exposição, aqui e acolá há sinais de desmonte, uma grande tela apoiada no chão, toques de pintura azul intenso, "azul Klein numa versão do século xxi", foi o comentário sarcástico de Brian. Gosto de tudo, daquele amor pelo espaço e pelo trabalho, a clareza de um projeto no qual, eu sei, Brian acredita profundamente, e Nina junto a ele. Nina acaba de nos encontrar e me dou conta de que está de pileque. Ao sairmos para a rua, vejo que está cambaleando, não caminhando. Naquela noite, ela veste um casaco muito elegante, de lã de alpaca clara, com o martingale fixado na parte de trás por dois grandes botões de osso; botas de cano baixo forradas com sete centímetros de salto, e ela balança sobre aqueles saltos, temo que irá cair. Ela fala voltada para Brian, quase não ouço o que diz. Está expondo um pensamento confuso sobre a diferença entre ter um talento e administrar o talento alheio. "Vamos falar a verdade", murmura, "ou você tem uma vocação, ou senão o que você faz?" E Nina ri, uma risada desbragada, está mesmo bêbada para caramba. Deve ter bebido com sua amiga Sally. Sally é uma produtora publicitária que minha irmã conheceu no grupo de meditação de Sri Babari. Eu nunca a conheci, mas já ouvi falar, parece que Sally trabalha muito, que é uma total *workaholic*, e que à noite, para aliviar a pressão, bebe, e de dia segue adiante tomando cafés duplos para curar a ressaca. Devem ter bebido juntas, e não foi pouco, porque Nina está fora de si, fala sem parar. "Parasitas da arte, é o que somos, meu amor!", ouço-a dizer novamente ainda virada para Brian enquanto agarra seu braço e insiste "entendeu? p-a-r-a-s-i-t-a-s", ela resmunga, empurrando-o. "Então o que você responde, hein? Meu doce parasita da arte..." Brian tem o dom de saber conter-se, não aceita as provocações frenéticas de Nina, caminha adiante até chegarmos ao restaurante. Aquela cena me perturba. As tensões da minha irmã não me dizem respeito, posso repetir isso quantas vezes quiser, mas a questão permanece a mesma: é impossível, para mim, não me preocupar com Nina, e para ela é muito difícil se desvincular, os anos passam e, contudo, ela continua obstinada em permanecer prisioneira de si. No momento de nos despedirmos antes de partir – no Tribeca, numa manhã muito fria, Nina logo em seguida tomará o metrô que a levará de volta ao Brooklyn – olho-a, ela está tão inquieta e tão elegante com seu casaco de alpaca. Gostaria de ficar mais com ela, abraçá-la mais uma vez, não deixá-la. "Não se esqueça, hein: não faça merda, Nina", lhe diz Pierre. Eu também sinto a urgência de fazer mil recomendações. Brian, mantenha-o por perto. Não tenha pressa, fique calma. É isso o que eu gostaria de dizer a Nina. Nina quebra, arrebenta, arruína – nunca deixa sedimentar. Para mim é diferente. Eu construí: com Pierre uma família, para mim, uma carapaça, um escudo de proteção, imunidade prudente, um sistema de autodefesa com alarme para evitar problemas.

Débil, breve, porém eu tracei uma linha: pontos firmes em sucessão.

Viver com Mylène não havia mudado em nada nossa relação de irmãs, pelo contrário, depois de nossas férias em Ponza com mamãe e Marcos, nossas cumplicidades e alianças pareciam ter se multiplicado. Uma mais uma mais uma: unia-nos uma soma, a mesma que gerava o nosso pacto. No meio de nós duas, sinal de mais e o motivo da soma, Gloria, sua ausência/presença. Sem o conjunto que éramos e que somos, graças a ela, acho que eu e Nina teríamos crescido mais distantes, separadas. Amar juntas a mamãe, cada uma do seu jeito oposto, funcionava como um denominador comum. A soma que compúnhamos, *addiction* a nossa soma. A soma gera um vício e estávamos ligadas naquela nossa tríplice ligação por um fio triplo, cada uma do seu jeito. Era uma fonte de energia, ancoragem de saudade, partida e chegada, base e falta de base. Assim como a soma que é um peso, todos os pesos são somas, pesos distintos que quando se somam compõem um só grande peso a ser carregado. A ausência pesava, esta não presença de Gloria no cotidiano pesava nossa simbiose de irmãs em cujos braços mórbidos tínhamos sido entregues por nossa mãe.

Para Nina era uma necessidade que eu tivesse um papel, como irmã mais velha, em sua vida. Não era um desejo meu, mas ela me queria ao seu lado: as coisas que lhe aconteciam pareciam ter valor só à medida em que eu me envolvesse.

"Como faço sozinha, Maddi?" Ela arregalava seus olhos verdes, de uma beleza violenta e perigosa, agora assim, enquanto me rogava. Todas as vezes era um turbilhão que pegava em cheio minha irmã, mas eu também não era poupada.

Ambas conhecíamos Giacomo Barresi. Por alguns meses, ele foi da minha turma, depois saiu, porque o inglês que nos ensinavam nas aulas ele falava perfeitamente, já que sua mãe era de Bristol. Destacava-se entre os outros garotos por algo não convencional, era alguém que já pensava com a própria cabeça. Gestos seguros, comportamentos educados que pareciam mais amplos em relação à mentalidade dos outros colegas. Uma chuva de cachos cobria sua testa escondendo os olhos, vestia-se sempre com cores escuras; uma única paleta, uns jeans cor de ferrugem que todos na escola achávamos sensacionais, nunca havíamos visto ninguém vestir algo assim. Intrigados um pelo outro, ele e Nina estavam sempre por perto nas pausas do recreio, embora nunca conversassem. A ousadia de sempre de Nina dissolvia-se diante daquele colega de escola tão diferente dos outros: nenhuma empáfia com Giacomo Barresi. Ver minha irmã tão tímida, sem jeito, provocava-me um sentimento de ternura e de raiva ao mesmo tempo. Seria instinto ou tática estudada aquele silêncio, aquela relutância por parte de Nina? Eu não compreendia aquilo. Ele, Giacomo, apoiado na mureta do pátio, olhava-a sério, impenetrável, jamais um sorriso. Desconfiado e fascinado. Cada vez mais atraídos, como dois ímãs; que algo teria acontecido entre os dois era fácil de supor. Eu tentava não me preocupar com isso, contudo, perguntava-me com frequência como teria terminado.

Começaram a sair. Logo surgiram enroscos, tormentos; pouca felicidade. Os silêncios de Giacomo irritavam Nina; ele, embora assustado com a sua exuberância, ia atrás dela. Numa festa de aniversário, minha irmã embriagou-se com rum e coca-cola e Giacomo trouxe-a de volta para casa nas costas, ela estava aterrorizada com a ideia de vomitar e estragar tudo (mas não vomitou). Eu era cética. Eles não confiavam um no outro, não de verdade, nem confiavam o suficiente em si mesmos. E sem uma confiança mútua, aonde poderiam chegar?

Giacomo adquiriu o hábito de vir à nossa casa aos sábados à tarde. Morava no Trastevere, vinha a pé, chegava a Monteverde pela via Garibaldi, ultrapassando à direita a Fonte da Água Paula, no Janículo, e contornando a Villa Pamphili pela rua Fonteiana. O pai havia lhe ensinado aquele caminho; percorrido uma vez juntos, desde então, Giacomo sabia-o de cor, caminhava rápido. Era filho único, os pais lhe ensinaram rápido como se virar. Um garotinho independente e solitário. Chegava em casa e Nina nunca estava à sua espera, éramos eu e Mylène quem o recebíamos. Parece-me que posso vê-lo novamente desaparecendo num dos dois grandes sofás de veludo malva colocados em "L" no meio da nossa sala. Meio tenso, ele folheava uma revista – papai nos presenteou com a assinatura das revistas *Focus* e *National Geographic*, tínhamos já muitos números dispersos pela casa. Se não lia, Giacomo conversava com Mylène; falavam sobre Nantes, cidade dela onde ele havia passado as últimas férias de verão com os pais. Mylène surpreendeu-se com a coincidência: "Que curioso, com tantos lugares no mundo, Nantes...". "Não, nada de estranho nisso", ele respondeu num tom seguro, "como acontece com frequência com os ingleses, minha mãe tem uma obsessão com a França: adora viajar por toda parte e ficar comparando" – começou a enumerar regiões, localidades, lugarejos campestres visitados com o pai e a mãe. Giacomo: tão desenvolto, espirituoso – nenhum vestígio daquele garoto impenetrável e retraído de quando estava na escola e Nina gravitava em torno dele. Mylène gostava muito dele, era claro; eu pensava com ternura e melancolia que o jeito educado e livre daquele garoto teria agradado ainda mais nossa mãe, se ela estivesse por lá.

Ele mal me cumprimentava. Deixava-o envergonhado. Pesava para ambos a lembrança de um momento vivido juntos, na escola, no inverno anterior. Nas horas do começo da tarde, das amplas janelas da sala de aula o espetáculo de um dia cinza, silhuetas escuras e árvores despidas, a cor vermelha de uma placa do supermercado que dava de esquina para o nosso prédio. Duas longas horas sentados um ao lado do outro preparando-nos para uma prova de geografia – a professora nos reuniu para escrevermos um trabalho. Curvada sobre o livro didático da editora De Agostini, eu lia em voz alta um parágrafo sobre os recursos agrícolas do Maláui, as virtudes do sisal, um tipo de agave usado no setor têxtil... quando eis que senti os olhos de Giacomo postos sobre mim, insistentes. Num silêncio suspenso, retribuí o olhar. A atração é às vezes um instante, o frêmito de um tempo muito breve. Rapidamente voltei a ler, mas aquele momento fora sinal de um rastro definitivo – pois nenhum dos dois se esquecera, eu entendia isso agora, encontrando de novo Giacomo em casa – no papel de namorado da minha irmã.

Vinha todos os sábados à noite, triste e um pouco nervoso por não encontrar Nina à porta. Eu tentava transformar o mal-estar que aquela lembrança nos causava, fazer dele uma cumplicidade silenciosa, um pequeno segredo que pertencia ao passado e que de alguma forma, sem pensar, podia servir no presente. Giacomo não, ele só me evitava.

Nina ficara mais bonita ao longo de poucas semanas, eu o percebia observando-a diante do espelho enquanto experimentava vestidos, sapatos, penteados – além do rabo de cavalo e do coque, as tranças. A espera por Giacomo no sábado sempre acompanhava aquela preparação ansiosa. Ao escolher, preferia sempre os mesmos vestidos, uma saia jeans com um body amarelo ("use bastante o amarelo, Nina, fica ótimo com o verde dos nossos olhos", aconselhava mamãe); ou um vestido cinza-prateado com tecido de lycra que circundava suas curvas e a cobria com um charme precoce e perturbador. Ouvia-se tocar a campainha, eu feliz por Nina corria para seu quarto para anunciar. "Rápido, vamos, olha que ele está subindo, daqui a pouco está aí!" Minha irmã, no meio-tempo, ficava mal-humorada e, lançando como dardos seu olhar ameaçador, pedia-me para abrir a porta. Nina havia esperado aquele momento com muito ardor e isso a deixava insatisfeita consigo mesma, por isso estava colérica e rabugenta.

"Você fica, Maddi", instruiu-me depois num tom intimidador quando ele também podia ouvir. Queria-me ao seu lado, agora, assim como estivera antes, esperando. "Irmãs sempre serão irmãs", intimava ameaçadora, comentando mais tarde, quando estávamos sozinhas, seu desejo de me convencer a ficar. "Irmãs serão sempre irmãs": mais do que uma chantagem, uma sentença. Juntos, Giacomo e ela, e quando eu tentava me afastar – estava sobrando, parecia-me óbvio ter de deixá-los sozinhos, seria o mais natural – Nina, de novo, fulminando com o olhar, intimava-me a ficar. E eu, a contragosto, ficava.

Mais bonita, mas também mais abatida, desde que saía com Giacomo, sim. A presença dele deixava-a num estado de apreensão que a tensionava. Luz e febre, era o que ele trazia.

"Está um pouco pálida, Ninuski, será que o amor te deixa assim?", esforçava-me para debochar quando estávamos sozinhas. Contudo, Nina não dava sinais de se divertir com meu deboche. "O que está dizendo, Maddi, o que é que você sabe sobre como me sinto..." Um tom soturno, nem um fio de ironia nos olhos.

Maltratava Giacomo, provocava-o. Não entravam num acordo: ela queria sair, ele não. Ela ligava o rádio, ele pedia para desligar. "O que é que você veio fazer aqui se não quer nem ouvir música?", perguntava Nina, o tom da voz agudo, já histérico. Giacomo quieto, sem reagir.

"E aí, bonito, vai me levar para sair, ou não?", pressionava-o exasperadamente. Para nós – Mylène e eu – aquele jeito ácido era brutal. Nada de novo: como ocorre também agora, o mal-estar para Nina assume a forma de um desafio: a polêmica, para ela, não é um ataque, é uma defesa, é uma carapaça. Mas Giacomo não tinha ideia, surpreendia-se, não a entendia, irritava-se. "Estou cansado agora, fiz todo o trajeto a pé... vamos descansar no seu quarto, vamos" – e com um sinal alusivo, indicava a porta do quarto de Nina, no final do corredor. Ela ria, soltava uma risada espalhafatosa, enquanto de pé retocava a maquiagem admirando-se no grande espelho que ficava na entrada. A coqueteria é a arma mais poderosa da minha irmã, sempre foi: sua provocação é infalível.

"Descansar? Eu não estou nem um pouco cansada!" – e logo procurava meu olhar de aliada, a prova de um entendimento exclusivo entre irmãs do qual Giacomo estava excluído. Não o encontrava, eu me fazia de morta.

Ele ganhava porque não saíam, ela ganhava porque não se isolavam. Em vez disso, ficavam na sala, em frente à televisão ligada na MTV, jogados nos sofás, sem se tocarem nem trocarem uma palavra. De vez em quando, Giacomo tentava ser carinhoso, aproximar-se de Nina, mas ela, com alguma desculpa, logo se desvencilhava. Cansada daquele teatro, logo me fechava no meu quarto/fortaleza. Mylène tentava aliviar a tensão outra vez conversando com Giacomo – não faltava assunto, as coincidências eram mais de uma, inclusive o fato de a mãe de Giacomo, como Mylène, ter estudado italiano em Perugia, em anos diferentes, mas com o mesmo ótimo professor sobre o qual Giacomo também conhecia várias anedotas.

Duraram no total três meses, Giacomo e Nina. Nunca fiz perguntas à minha irmã sobre aquela ruptura, tampouco ela me contou nada. Giacomo Barresi parou de vir em casa e daquele momento em diante, na escola, quando se cruzavam durante o recreio, ele e Nina quase não se cumprimentavam. Imaginava que ela tinha dado o pior de si. Devido à frieza com que agora os dois se relacionavam, me dei conta da agressividade da minha irmã, até que ponto Nina podia ser destrutiva, devastadora. Em casa não se podia dizer o nome de Giacomo. No ano seguinte, ele deixou a nossa escola. Ouvi dizer que seus pais tinham se separado e que ele se mudara para Bristol com a mãe. Que a lembrança daquele garoto ocuparia sempre um lugar nos pensamentos de Nina, e também nos meus, eu tinha certeza. Para ambas, uma oportunidade naufragada, um caminho diferente, porém igual, interrompido. Eu já tinha idade suficiente para saber o quanto as oportunidades perdidas, muitas vezes, são aquelas que se sedimentam com maior profundidade em nós.

Muitas lembranças se eu for até o aterro. Também de Bruno. Porque depois chegou Bruno, na vida de Nina.

Bruno era um corredor. Técnico em informática, mas correr era muito mais importante para ele. Ia para a pista de corrida à noitinha, ele também, como nós, treinava com regularidade. Ele e Nina se conheceram lá, naquele retângulo gigante e elevado escolhido por tantos esportistas entre os lugares possíveis da Villa Pamphili. Bruno notou-a primeiro; é difícil não perceber Nina, tão bonita correndo, o rosto descoberto pelos cabelos presos atrás de uma bandana, os olhos contrastando com a melena preto-ébano, as pernas perfeitas no impulso do movimento e na manutenção do ritmo. E a energia que até hoje quando corre se desprende dela, transfigurando-a pela forma como acorda seus sentidos, todos os sentidos: a mulher que Nina é, no esforço físico, brota e aflora ainda mais, colocando-a em harmonia consigo mesma, e isso não ocorre de outra maneira. Porque a perseverança que demonstra no esporte é o contrário da volubilidade com que encara a vida. Quando treina, Nina é luminosa e constante, ao passo que normalmente seria temperamental e undívaga. No aterro ela tinha a capacidade de devorar quilômetros, repetindo dezenas de vezes o percurso do circuito sem nunca parar. Respondendo aos pedidos de Mylène, ela agora treinava também nos "intervalos": disparadas aceleradas, cada vez aumentando um pouco o percurso da corrida e a velocidade, para depois recuperar, desacelerando gradualmente até restabelecer sua respiração ao ritmo natural. Poucos minutos de pausa, duas ou três posições de alongamento para relaxar as coxas, as panturrilhas, a articulação dos quadris – depois recomeçava. A atitude: eis o que é mais importante num esportista, foi isso em Nina que chamou a atenção de Bruno. Aquela garota alta com a bandana, tão concentrada, centrada, determinada. Especial.

Depois da questão com Giacomo – um primeiro amor abortado, terminado antes de florescer – Nina, sem saber, estava em busca de um evento que reparasse, que lhe devolvesse um pouco de esperança. Eu a via melancólica, de noite no sofá esforçava-se para ler enquanto me ouvia tocar o piano. Tinha vontade de um amor, eu o sentia: encontrar alguém parecido com ela, que não fosse tão frustrante, não importa quão diferente fosse a personalidade.

Ela e Bruno realmente tinham afinidades, Nina logo teve uma intuição que se revelou correta. Atravessavam a vida no mesmo ritmo, num passo igual – correndo, e não só isso. Dez anos a mais do que Nina, casado havia três. Ele declarou isso num tom sério, na mesa de um bar em Porta San Pancrazio, onde se sentaram uma noite, depois do treino, por sugestão de Nina. Já tinha acontecido que os dois tivessem parado para conversar à beira do circuito de corrida. "Encontro vocês em casa", ela dizia para mim e para Mylène com um gesto açodado para que nos afastássemos e ela ficasse sozinha com Bruno. Conversavam suados e ainda sem fôlego, a endorfina em circulação deixava-os desenvoltos, toda a pulsão do corpo esmorecia-se com o cansaço e não havia motivo para controlá-la com pensamentos excessivos. Era fácil, os assuntos surgiam espontaneamente: o esporte (Bruno tinha muita experiência com os "intervalos"), mas também com outras coisas. Foi com base na facilidade daquelas trocas rápidas que Nina ousou convidá-lo para um aperitivo. Convite que Bruno aceitou titubeando: "Tudo bem, vamos, com prazer. Mas só posso ficar um pouco, um momentinho, minha mulher está me esperando". Já era possível entender tudo, mas minha irmã sorriu e fingiu que nada estava acontecendo: obstinada a conseguir algo daquele homem que, era muito evidente, poderia dar-lhe muito pouco.

A mulher estava grávida e a gestação chegando ao termo. Bruno o disse assim que se sentaram na mesa do bar, naquele pequeno reduto triangular que dava para o arco da Porta San Pancrazio e mais adiante para um dos panoramas mais espetaculares de Roma. Falava mantendo o olhar fixo, não em minha irmã, mas na parede cheia de postais enviados de tantos lugares no mundo. Naquele momento, Nina o achou acabado, "um homem à beira de um abismo", confidenciou-me quando decidiu contar sobre seu amor clandestino. Contou-me num domingo quando voltávamos a pé do restaurante depois de um almoço com Gloria. "O que foi, Nina?", mamãe perguntou algumas vezes enquanto estávamos à mesa; porque Nina não falava, comia com dificuldade, dava para ver que não estava bem e que estava com a cabeça em outro lugar. Distraída, talvez preocupada, contudo, radiante. Quando saía com Giacomo estava mais bonita, mas agora que encontrava Bruno às escondidas estava realmente maravilhosa. "Nada, mamãe, não tenho nada...", continuava negando, bem séria. Mas ao contrário, depois de se despedir de Gloria, enquanto caminhávamos para casa um pouco aflitas, eis a verdade de Nina, totalmente diferente das respostas evasivas dadas durante o almoço.

Ouvi. Diferente dela, eu não tinha amores nem nunca tinha feito amor, ainda era virgem. Não tinha os instrumentos para entender, mas mesmo assim me parecia claro em que pé as coisas estavam: uma dependência invisível havia tomado Nina e era isso que a guiava. Uma nova *addiction* – um novo vício num homem, na emoção que sentia ao vê-lo, ao pensar nele – amá-lo. Era a primeira tarde de tempo ameno, o ar estava perfumado, o inverno ficara para trás, se adivinhava pelos gomos que despontavam nas árvores, por uma luz muito clara, prontos a prolongar-se até a noite agora que havia o horário de verão. "Maddi, você se lembra daquele cara com quem tenho corrido ultimamente, aquele alto?" Para mim bastava isso, já estava tudo dito. "Estamos saindo um pouco, e..." Minha recusa instintiva: se o amor era aquele nervosismo, aquele tremor que eu sentia na voz da minha irmã, então não me interessava, não queria saber disso. Uma fortaleza não cede, não busca tormentos, qualquer ameaça de excesso identificada é recusada. Nunca vou me apaixonar, nem vou permitir que alguém se apaixone por mim, foi o que pensei naquele dia enquanto, com muito esforço, ouvia a contragosto.

"Vamos entrar na Villa Pamphili, está a fim? Ficamos só um tempinho, Maddi, prometo, só o tempo de me tranquilizar um pouco..." Alguns metros depois da passarela asfaltada, eis que estávamos no "nosso" gramado, aquele que fica sempre mais ralo quando se ultrapassa o arco dos Quattro Venti. Sentadas de pernas cruzadas, uma em frente da outra, olhos nos olhos – os de Nina ofuscados enquanto ela se abria. "O sexo com Bruno é fantástico. Uma loucura como nos entendemos, como nossos corpos realmente falam a mesma língua." Ela procurava meu olhar sem encontrá-lo, deve ter intuído meu mal-estar, porém não se importava. "Sei que ele é casado, mas estamos tão bem juntos, Maddi, e eu não consigo virar a página agora." Uma nuvem passageira encobriu a luminosidade do céu, a paisagem verde, num momento, parecia escura. Luz que era meu espelho: era triste ouvir Nina carregada daquele jeito por correntezas secretas, dependências sombrias. "Mas onde vocês se encontram?" Foi minha única pergunta – único detalhe que me intrigava daquele segredo que não queria ter ouvido. Encontravam-se no apartamentinho de um amigo de Bruno que tinha partido havia um ano para ir trabalhar como agrimensor na Gâmbia. "Um apartamento pequeno, bonitinho, não distante daqui – em Testaccio. Sempre tomo banho antes de deixar a casa, as toalhas são limpas, macias, as mais perfumadas que já usei. Depois sabe, Maddi, Bruno sempre me traz de volta de carro... e chegando aqui espera que eu entre, quando viro vejo que está me mandando um beijo, os dedos pressionados nos lábios e depois apoiados no vidro do carro, como se me tocasse... ainda me tocasse. Todas as vezes o mesmo gesto, aquela delicadeza galanteadora depois da intensidade violenta que veio antes, enquanto fazíamos amor..." Talvez chova, melhor voltar, foi o que eu quase disse. Mas a nuvem passageira se afastou e saiu um pouco de sol enquanto Nina continuava imperturbável seu relato: "... e eu subo, sento à mesa contigo e com Mylène, converso com vocês, retomo minha vida de sempre – e enquanto isso, meu corpo ainda treme de emoção, e minha cabeça já está à espera, contando o tempo que me separa até o próximo encontro com Bruno."

Sentia falta de ar, devia ser pela umidade intensa que eu não conseguia respirar; talvez o "nosso" gramado, tão amplo e verde, me oprimisse agora. "Daqui a pouco, quando nascer o filho, Nina, ele vai se afastar. Prepare-se, porque não será de outro jeito." Bom senso, realismo, depois de tanto romantismo, um pouco de sanidade mental. É isso que uma fortaleza pode oferecer, na emergência de uma tempestade emocional: a verdade. Seria um abandono muito banal, de novela: atropelado pelos seus sentimentos de recém-pai, Bruno iria se afastar. Era essa, não havia outra saída para seu amor clandestino; ponto, fim da história.

Minha irmã me olhava atônita. Teria preferido mil vezes vê-la vingativa e tomada pela cólera, em vez de lânguida e melodramática como se mostrava agora. "Esse homem vai embora", reiterei, animada por um sentimento um pouco sádico que eu mesma, antes de qualquer um, percebia: "Fique pronta para colocar uma pedra em cima disso, porque ele vai te deixar, Nina." O amor não me interessava, a realidade sim e muito, e eu esperava que minha irmã também soubesse encará-la do jeito que era. No mais, se sentira tamanha necessidade de me envolver, semanas mais tarde, colocar-me a par de seu caso amoroso, era porque Nina estava em busca do impacto violento, mas libertador, da desilusão. Esclarecer: não se dava conta, contudo, era também o que desejava para si.

"Que raios tem sua irmã? Quando é que vai voltar ao normal?", perguntou-me Seba antes de voltar para Milão, enquanto eu o acompanhava até a garagem. Ele não era o único: mamãe também estava preocupada com a mudança de Nina, e viera espontaneamente conversar comigo a respeito e confiá-la a mim. "Encontre um jeito de falar com ela, Maddalena, só você é capaz. Logo começam os desfiles da Gucci, estou realmente sobrecarregada de trabalho nesse momento, mas você, por favor, Maddi, ajude-a a raciocinar. Sua irmã precisa estudar, deveria se esforçar também na escola além da corrida... se é dor de amor, minha hipótese", acrescentou com gravidade, "maior ainda a razão para não perder tempo com isso".

As idas no fim da tarde à Villa Pamphili perderam a alegria, tornaram-se complicadas e pesadas. Embora Bruno e Nina fossem bons em não demonstrar intimidade – corriam distantes, evitando conversas –, para mim, que sabia a verdade, era tudo muito claro. Fazia minha sequência de exercícios perto de um banco embaixo de um pinheiro, mas era difícil me concentrar. Nina aparecia diante de mim, bonita e segura como sempre; mas estava nervosa, no limite, eu percebia isso e sabia o motivo. Torceu o tornozelo e teve que ficar parada, abstendo-se por dez dias do circuito de corrida. Em casa, sofria, passava os dias no sofá colada à televisão sem dizer uma palavra nem para mim, nem para Mylène. Sentia falta de Bruno e não podia nem telefonar para ele. Eu estava preocupada, ainda mais do que nossos pais. Aquele seu amor secreto parecia-me um beco sem saída, uma situação sem futuro. E uma ameaça também para mim, para nós.

No encontro seguinte, papai voltou com tudo: "Enfim, mas podemos saber o que se passa com Nina? Está estranha, ausente, capturada... estará fumando um baseado?" Um drogado não enxerga outros motivos, além da droga, nos desequilíbrios dos outros, pensei com raiva. Agora papai era muito mais gentil com Nina, nestes finais de semana em que vinha até nós. "Que iguaria, hummm!", dizia-lhe ao sentar-se à mesa enquanto experimentava os seus *manicaretti*, um tipo de macarrão recheado. A comida era sempre mais elaborada: lula com ervilhas, fígado com cúrcuma, nhoque ao pesto com um toque de *bottarga*, tortinha de brócolis e anchova, truta salmonada com arroz basmati e açafrão. As coisas não haviam mudado, Seba continuava, solícito e invasivo, a se apropriar da cozinha na rua da Villa Pamphili e os almoços e jantares nos "seus" finais de semana eram uma festa de sabores, por fim apreciados por ambas as filhas. Exceto que a cortesia de Nina era superficial, escolha de conveniência para ser deixada em paz em relação às outras coisas. Muito amável, mas só para fazer um muro, para que ele não a percebesse, não visse o quanto ela estava perturbada, distante, apaixonada.

Gloria telefonava. "Vá para o outro quarto, Maddi, seja boazinha, não quero que Nina ouça." "Ok, sim... estou aqui, mamãe, fui para outro canto."

"O que há enfim, quem é que a deixa desse jeito? Ajude-me a entender, Maddalena, tenho certeza que você consegue."

"Não sei de nada, mamãe, de verdade. Nina deve estar cansada, corre demais. O excesso de atividades esportivas pode levar à depressão, li uma matéria sobre isso na revista *Focus* não faz muito tempo."

"Imagina, claro que não. É outra coisa, tenho certeza. É sua irmã, você deve ter alguma ideia, por que você não quer me dizer nada, Maddi? Diz logo, que eu tenho uma reunião com o cenógrafo do desfile para o ensaio de luzes daqui a pouco, o táxi já está à minha espera lá fora..."

Eu ficava em silêncio. Eu no meio, mais do que uma fortaleza, uma ponte, naquela fase. Trâmite e ligação entre Nina e o mundo. Queria a todo custo permanecer fiel a ela, respeitar o segredo daquele seu amor com Bruno do qual ninguém podia saber. "Capturada", Seba tinha razão. E capturada eu também na armadilha da minha aliança: manter-me fiel ao nosso pacto de irmãs roubava-me uma quantidade enorme de energia.

As coisas terminaram como eu havia prognosticado. O filho de Bruno nasceu, poucos dias mais tarde ele enviou uma mensagem a Nina comunicando-lhe que não podia mais encontrá-la. Não se sentia à vontade, era tudo "muito difícil e absurdo para administrar". Ela correu para me contar: era de noite, eu estava me preparando para dormir. Nina já estava de camisola, a mais bonita que ela tinha, de seda cor de marfim, as alças escorregavam o tempo todo revelando o seio e ela rapidamente as ajustava todas as vezes. Chorava enquanto dizia: "É louco, vai se matar desse jeito, aquela não é a vida dele, Maddi, eu te garanto". Depois, quis sair, ir até a sacada, a noite úmida, as luzes do Gasômetro ao longe, nós duas a olhar, cobrindo nossas costas com uma manta, como se fossem xales. "Privar-se de uma paixão dessas, como é possível? É como arrancar-se um braço... como ele vai viver?" Nina buscava um consolo que eu não podia oferecer, não só porque desconhecia as coisas do amor, mas também porque aquele seu delírio era algo que não me pertencia: aquela perda de controle, aquela transfiguração, aquela debilidade, de novo repeti para mim mesma que eu preferia nunca sentir nada disso. E aquela paixão que abala minha irmã se insinuara entre nós, separando-nos. O que eu teria dado para arrancá-la da sua infelicidade e também daqueles tremores sentimentais...

    Onde é que eu terminava e Nina começava? Mesmo agora que vivemos distantes, cada uma num canto do mundo, há dias em que sinto ressurgir a vertigem daquela pergunta. Como se eu fosse ela e ela fosse eu. Uma indistinção desanimadora. Não me encontro, eu, Maddalena, pessoa singular separada da minha irmã; eu, prisioneira de uma simbiose que em vez de diminuir, de nos libertar, com o passar do tempo faz-se mais forte. A fenda que separa as duas tão próximas resiste a se estilhaçar. Nina é uma parte tão grande da minha vida: habita a minha tanto quanto eu habito a sua. Se ela sofresse, eu sofria com ela.

Agora que desejo voltar a passeio, pela primeira vez desde que deixei Roma, sinto sua falta. Uma nova saudade, desconhecida. Até agora, a cidade parecia-me um capítulo encerrado, um sobressalto encerrado do passado. Agora, sinto um frenesi em revê-la, impaciente em reatar um pacto com ela. Vivo em Paris há mais de 20 anos, sem nunca conseguir me sentir parisiense. "Conseguir" não é o termo exato, porque integrar-me nunca foi minha ambição. Pois é, expatriar no meu caso não foi um desejo: uma necessidade do coração, na verdade, uma necessidade espontânea de alcançar Pierre, compartilhar a vida com ele. Embora Paris seja uma paisagem habitual a esta altura, poderia ter me apaixonado por ela, mas não aconteceu. Há o calor gerado pelos hábitos, a satisfação de conhecer de cor partes inteiras de bairros, especialmente o 17º arrondissement, onde moramos. A rapidez com a qual aprendi a planejar o cotidiano (*l'emploi du temps*, valor sagrado aqui, neurótico por ser um fim em si mesmo). Com poucos cliques de mouse, sei selecionar os melhores filmes e espetáculos de teatro, encontrar nos mapas os melhores restaurantes para ir a pé ou usando o transporte público. Conquistei a cidade dessa maneira, dominando as possibilidades e os códigos sociais, conhecendo os limites, as qualidades, as oportunidades. Aqui nasceram meus filhos e aqui os criei; aqui é que meu tempo corre, sem que nada, em 19 anos, tenha conseguido tornar-se importante para mim. Tirando minha família e pouquíssimas amizades (Leyla, praticamente só ela), não tenho nada, neste lugar, que possua valor para mim. As raízes não fincaram no terreno novo, nem Pierre nunca me incentivou para que isso acontecesse – a relação com esse mundo estrangeiro, para ele, é uma questão minha, que devo enfrentar sozinha. Pierre, de resto, pouco sabe dos meus dias e pouco pergunta. Mostra-se curioso se eu lhe conto algo, um encontro, algo interessante que vi. A única coisa que tem valor para ele, e também para mim, é o nosso *ménage*. Encontrar-nos para jantar todos juntos, quando eu e ele não temos que participar de noitadas mundanas. E os finais de semana, doce parêntese da vida doméstica para desacelerar o ritmo cansativo da cidade e encontrar um pouco de descanso.

Vida solitária, a minha. O único período de não isolamento foi aquele da primeira infância dos meus filhos, quando o trabalho da maternidade era completo, em termos de tempo, de espaço, de tudo. Mamãe 360 graus – naquela época saía bastante com algumas mães, pais, especialmente mães, como eu, casadas ou separadas ou mães solteiras. Com elas tive amizades efêmeras, porém intensas, claras nas suas intenções oportunistas, com poucos modos, pois subordinadas a necessidades mútuas. Mesmos horários, mesmos encontros no Parc Monceau depois da saída da creche. Convites para festas de aniversário, lanches nos finais de semana, cafés engolidos rapidamente na correria do ir e vir. Achar o outro simpático por obrigação, porque foram as crianças que se escolheram. Socialização forçada, contudo, do seu jeito, nutritiva, acontece-me de relembrar com saudade. De resto, é uma grande solidão a que vivo. Por algum tempo, havia Sandra em Paris, uma colega de escola em Roma que havia se mudado para cá para fazer um estágio num escritório de arquitetura; eu saía com ela, mas alguns anos depois de sua chegada, ela se apaixonou por um florentino e voltou a morar na Itália. Há as esposas dos colegas de Pierre, senhoras elegantes que em qualquer saída mundana me dão seus números de telefone, na esperança de que eu ligue ou pensando que sair comigo possa ser algo diferente dentro de suas vidas abastadas e vazias. Mas eu nunca ligo; tem Pierre com seu jeito sempre delicado de equilibrar as coisas e depois há a liberdade de permanecer na minha carapaça, Pierre deixa-me sempre por lá, posso ter certeza de que ele nunca irá me repreender por não ser afável o suficiente.

A única exceção em tanta escassez de contatos foi Anouk, uma senhora que vive em Paris como adida cultural da embaixada turca. Frequentamo-nos durante algum tempo: sentia-me à vontade com ela, ríamos bastante e gostávamos das mesmas coisas, inclusive do restaurante berbere na rue de Babylone onde nos encontramos para almoçar a primeira vez e depois nas saídas seguintes. Anouk também era atlética – nadava. Parecia-me lindo seu rosto anguloso, os olhos contornados de preto; antes de mudar-se para Paris, era oficial de chancelaria em Ancara; os relatos do seu país eram muito interessantes para mim que não sabia nada ou quase nada dele. Até que, no quinto ou sexto encontro, começou a falar de si e do seu casamento. Eu não tinha vontade nenhuma dessas intimidades femininas, tudo bem para mim que a relação permanecesse agradável na superfície como havia sido até então. Mas Anouk ficou séria, quase grave; também seus traços – o queixo, as maçãs do rosto, o nariz pontudo – num certo momento, em vez de bonitos, pareciam-me imperfeitos, pesados. Disse-me que o marido havia se mudado para Paris com ela, mas não se sentia bem: ele era tabelião, e o trabalho na França não era estimulante, ocupava-se só de atos consulares e traduções juramentadas, tarefas modestas demais para ele. Sentia-se frustrado, enfim; e eles, como casal, já não funcionavam, tinham pouco em comum, cada vez menos. "Sinto-me tão entediada, Maddalena, se você soubesse...", comentou, melancólica. Havíamos pedido um tagine de frango, acabavam de servi-lo em pratos fumegantes com suas tampas em forma cônica feitas de cerâmica colorida. "Sim, entedio-me, e o quanto eu desejo uma companhia, não pode imaginar..." Olhei-a um pouco duvidosa, intuía que estava tentando dizer-me algo mais. "A companhia de uma pessoa como você: perspicaz, sábia, capaz de me ouvir, me entender..." Encarava-me com insistência, percebi embora houvesse pouca luz no salão do restaurante. Eu me sentia muito deslocada, ainda mais quando me pareceu que, ao escorregar a mão pela toalha, Anouk estava tentando roçar sua mão na minha. Instintivamente coloquei a cadeira para trás – "Sinto muito, assim vou chegar atrasada!", exclamei num gesto olhando para o relógio e, deixando no prato meu tagine quase inteiro, corri para pegar o casaco e saí apressada. No caixa, paguei minha parte, rapidamente, cheguei até a estação do metrô Sèves Babylone e voltei para casa. Não respondi às mensagens que Anouk escreveu nas semanas seguintes. Nunca mais nos vimos nem nos falamos. Perguntei-me o porquê da minha reação absurda, daquele terror. Pensei que tinha algo a ver com Nina; que existe um grau de intimidade feminina da qual é espontâneo que eu fuja, pois na minha cabeça a proximidade é território exclusivo de nós duas, irmãs: algo irreprodutível em qualquer outro lugar.

Quando os filhos eram pequenos, os dias me escapavam das mãos, frenéticos e cheios de afazeres, compromissos, atividades, incumbências contínuas interrompidas por outras, mais urgentes, que se interpunham no meio-tempo. Vida de mãe: fragmentada, dispersa e, por isso, extremamente cansativa, dias longos demais e hiperativos que me deixavam, no cair da noite, exausta e com o mínimo de energia para dedicar a Pierre e a mim mesma. Depois, conforme Samuel e Valentina cresceram, aquele ritmo desacelerou minha corrida; de novo voltei a ter o tempo à minha disposição, além do privilégio e da liberdade de dispor dele da forma como eu queria.

É um pequeno ritual: todas as manhãs Pierre e os garotos caminham juntos de casa até a parada do metrô (La Fourche). Pierre volta até o nosso portão, lá o motorista da Unesco está à espera dele para levá-lo ao trabalho. Assim que todos se despedem, fico sozinha. Tempo e espaço ficam subitamente dilatados até à tarde, quando a engrenagem do *ménage* retoma seu mecanismo de funcionamento bem azeitado, os filhos voltam da escola (primeiro Sam, Vale normalmente dá algumas voltas com as amigas e duas vezes por semana pratica basquete), eu, enquanto espero a volta de Pierre, dedico-me às tarefas que não terminei durante a manhã.

Nunca sinto tédio. Toco pelo menos meia hora por dia: o tempo passado no piano não é tão essencial como quando eu morava na Itália, mas, por uma mescla de sentimento de dever e nostalgia, não abro mão da música. O que me ajuda a vencer o tédio é me mover muito. Caminho muito. Tenho os tênis adequados, destes que dão a sensação de ter asas nos pés. Reebok, Nike, New Balance – ao longo dos anos provei muitos modelos e marcas. O aprendizado com Mylène não se dissipou: também em Paris me organizei para valorizar a atividade física, fazendo dela uma presença constante e cotidiana. Ativar o corpo: disciplina, apoio. Nessa minha vida solitária fiz da tenacidade do dinamismo físico meu escudo. Minha carapaça – minha paz.

Além de Leyla, com quem continuo a renovar o prazer de uma amizade adulta, desinteressada, equânime, não tenho outras relações. Acho que sou eu quem evita: aquelas horas sem ninguém são um bem que eu preservo de forma intacta. Estou sozinha e ando. Percorro a cidade de norte a sul; a largura é infinita, mas atravesso seu eixo vertical, da Porte de la Chapelle até Porte d'Orléans, são só sete quilômetros. O esforço em manter o passo acelerado atenua o sofrimento que me provoca a geometria obsessiva dos retículos das ruas, aquela arquitetura haussmaniana tão opressiva devido a sua regularidade. Ando, ando. "Na rua ou já voltou, Maddi?": chega sempre um momento em que minhas marchas teutônicas são interrompidas por um telefonema ou mensagem de Nina. Continuo a andar e, enquanto converso com ela, descrevo-lhe os lugares em que estou, em outros momentos envio-lhe mapas do percurso escolhido naquele dia, fotos de panoramas, recortes, detalhes curiosos colhidos no acaso durante minhas travessias pela cidade. "Vou correr agora, até daqui a pouco", ela me informa antes de se despedir. O ritmo de minha irmã do outro lado do oceano é o contrário do meu.

Ela e Brian saem quase todas as noites, dormem muito tarde, encontram muitas pessoas; Nina nunca deixa de ser a criatura sociável que é, carente de ter os outros ao seu redor para sentir-se viva. Uma vez comparamos a agenda dos nossos telefones e Nina tinha exatamente cem vezes o número dos meus. Claro, há motivos para isso, ela não tem filhos nem outras responsabilidades além da administração da galeria de arte de Brian. Resta, porém, o fato de que nossas existências são antípodas. Em Roma era a mesma coisa: Nina sempre tinha ao seu redor as amigas da vez, enquanto eu havia encontrado Mauretta Gigli e ninguém além dela, uma me bastava e era até demais, teria me virado muito bem sem ninguém.

"Irmã sol, irmã lua", eu disse uma vez, e Nina adorou a brincadeira dessa frase. Mas na disciplina do esporte somos idênticas. Irmãs a seis mil quilômetros de distância, sintonizadas nos mesmos ritmos que Mylène nos ensinou para sobreviver e para nos salvar.

As manhãs invernais em Paris são úmidas, cinza, cheias de melancolia. Como sofro de uma forma aguda de meteoropatia, praticar esporte tornou-se uma necessidade psicofisiológica. Sem endorfinas circulando, meu metabolismo desaba, algo falha nas células. O esporte evita uma possível depressão na qual eu cairia devido ao desânimo daquele cinza-plúmbeo ininterrupto no céu. "Um passo rápido estimula a circulação, tonifica o corpo, libera a mente": pareço ouvir de novo a voz de Mylène. Sim, caminhar desanuvia, mas não libera a mente por completo. Imagens da vida em Roma e de mim com Nina e com Mylène acompanham minhas caminhadas parisienses. Momentos das nossas sessões de esporte na Villa Pamphili. Nina dava suas voltas correndo e fazia "os intervalos" pelo perímetro do aterro; sob nossos olhos a vista magnífica da Casina do Bel Respiro circundada pelo labirinto de sebes, ao redor os pinheiros com seus troncos finos, treliças apontando para o céu que era alto, luminoso, eu o encarava antes de começar meu treino e era tão vasto, quantas coisas parecem possíveis ao olhá-lo – até uma rota de fuga, uma estrada só minha. Eu encaixava os pés entre as ripas de um banco e estendia o abdômen fazendo torções sempre mais tônicas e amplas com o busto. "Vamos, Maddi, de novo, não pare agora, força!": Mylène era uma *personal trainer* rigorosa, exigente, porém atenta, sempre empática com o meu cansaço.

Aquelas lembranças me sustentam, instilam energia ao desvio das minhas passadas metropolitanas. Além de caminhar, também vou à academia, em Paris frequento as aulas de pilates da Club Med Gym na rue Cadet, e um de *body pump* em outra sede do Club perto da minha casa, atrás do Parc Monceau. Levanto pesos para dar tônus aos meus braços; no chão, coloco sobre a barriga grandes discos de ferro, levanto as pernas, me apoio nos calcanhares e movo o quadril para cima e para baixo para modelar os glúteos. Calibro todo esforço graças à respiração. Carrego sempre comigo as bombinhas, sem usá-las, jogo--as fora quando estão vencidas e logo compro novas. A asma pertence ao passado, parece ter desaparecido da minha vida, mas o medo de que volte está sempre presente. Não desisto, insisto no esporte treinando até sentir uma tensão imensa nos músculos, tendões e ligamentos. Aprendo a resistir ficando impassível enquanto suo e praguejo contra os limites que me dei como meta e, no entanto, estão sempre lá, intransponíveis.

Nas academias, não converso com ninguém. Nunca há um rosto que me seja simpático ou que consiga suscitar algum interesse, inspirando-me um pouco de confiança. A solidão também é um vício: dia após dia fechar-me em minha carapaça se confirma a postura mais certa.

Demorou quase um ano para que Nina se recuperasse da sua desilusão amorosa: muito tempo para esquecer Bruno. Longos meses em que estava pálida, abatida, com bolsas sob os olhos como eu nunca havia visto antes; e desleixada, os cabelos sempre despenteados – e no olhar um desassossego, algo que não se fixava, não se ancorava em nada. Sofria de insônia, começou a tomar um sonífero à noite, muito leve, indicado pelo médico. Depois de um tempo tomando-o, passou por um episódio de sonambulismo; abriu os olhos e viu-se diante do armário da cozinha, estava para abri-lo, ou pelo menos era o que contava a todos por anos. Meses de ausência, nos quais enfeava – só se vestia cuidadosamente para ir correr, ainda que não todos os dias. Eram os únicos sinais de amor-próprio; de resto, confrontada com aquela dor difícil, Nina desmoronava. Estava se preparando para as provas finais e, em vez de se encontrar com as amigas para estudar, como fizera nos outros anos de colégio, preferia agora dedicar-se sozinha. Eu me oferecia para ajudar; havia terminado meus estudos num colégio da área de línguas com a nota máxima, tinha bastante tempo livre enquanto aguardava para fazer as primeiras provas da universidade (faculdade de letras). "Se quiser, faço perguntas", eu propunha, "ou podemos ler, aprofundar-nos juntas...", mas Nina sempre recusava. "Obrigada, Maddi, mas prefiro fazer sozinha... com certeza vou me sentir mais satisfeita"; me afastava, porém de um jeito manso, sem convicção.

Aquela sua melancolia era nova, eu me indispunha sentindo que não podia fazer nada, que seu amor por aquele homem adúltero, Bruno, nos havia separado e agora nossa distância era um sulco que jamais seria preenchido de novo.

Ela queria proteger-se da hipótese de encontrá-lo, sabia que iria sofrer demais ao revê-lo; então, para correr, agora Nina usava o lado mais novo da Villa Pamphili, aquele cujo acesso era pela rua della Nocetta. Ia de lambreta, tudo demorava mais, as coisas não estavam mais ao seu alcance como quando frequentávamos o aterro e chegávamos lá em menos de 15 minutos a pé.

Eu esperava que aquela dor parasse de atordoá-la. Eu tinha paciência, pois me sentia animada por novos sentimentos. Naquele período, eu refletia pela primeira vez sobre quão pouco espaço a vida movimentada da minha irmã deixava à minha própria. Espaço para me articular, expressar, assim como Nina, minha natureza, para definir minha personalidade projetando-a em gestos. Eu estava por lá sem eventos, sem amores, sem personalidade talvez? Nina tomava toda a cena para si, eu desejava desaparecer. Como a tartaruga da nossa sacada (seu reino), que conhecia cada canto, com a carapaça como um escudo, eu avançava às escondidas.

Bruno, por algum tempo, escrevera a Nina: bilhetinhos breves nos quais transpareciam, ao mesmo tempo, pesar e amor sufocado. Depois parou e, com aquele seu silêncio vasto e profundo como um buraco, ela no começo sentia-se aniquilada, depois ofendida. "É um merda, Maddi: ele não devia ter passado todos aqueles meses comigo se sabia que era tão frágil e incapaz de administrar a situação." O anátema chegou de forma inexorável num domingo de manhã. Estávamos no terraço fazendo jardinagem, a tartaruga movia-se lentamente entre os vasos, todas as vezes que eu via sua cabecinha escura aparecer me alegrava interpretando aquela aparição como um alerta, um aviso para prestar atenção, para não me perder de vista concentrando-me demais na minha irmã. Até então, tínhamos poucas plantas em vasos, mas agora eram dezenas porque Seba recentemente fora o fotógrafo de um dono de viveiros de Mônaco, e sua remuneração, por opção dele mesmo, foi *in natura* em vez de dinheiro. Então, da última vez, ele chegou num sábado de manhã com seu Jaguar carregado de heras, figueiras, limoeiros e pés de laranja kinkan no assento traseiro, formando um labirinto alegre de folhas e ramos. E não era só isso: havia também hortênsias, azaleias, begônias em embalagens de plástico amontoadas no piso entre os assentos.

"Um merda, Bruno; um merda e ponto." Nina o dissera sem acrimônia, mas também sem dúvidas, o tom definitivo de quem ruminou por muito tempo uma verdade, reconhecida com esforço e com honestidade conclusiva.

Eu concordei: "Sim, ele não foi correto com você; mas cuidado para não cair na armadilha das suas certezas" (naquela época eu lia livros de psicologia, falava com inspiração). "Certas situações fogem ao controle, Nina. Talvez ele não sabia como se comportar, simplesmente isso." Eu dizia disparates, não sabia nada sobre o amor nem queria saber nada. Mas estava feliz porque, naquela indignação, eu percebia a Nina destacada, de novo em si mesma. Aquela sua raiva era um sinal de recuperação.

Ela e Mylène foram a Siena participar de uma maratona. Viajaram com um carro alugado, levando no bagageiro a mala com as trocas de roupas de ginástica e dois pares de tênis, além dos que tinham nos pés. Fiquei ansiosa à espera delas, até tarde da noite. "Sua irmã chegou em terceiro lugar!"– anunciou Mylène assim que entrou em casa, e pulava, me abraçava, nunca a vi tão entusiasmada. Nina, terceira entre 400 participantes! Um resultado realmente excepcional. Se a mesma disciplina física fosse aplicada ao seu temperamento. Se tivesse aprendido a conter-se um pouco mais, que destino mais fácil teria tido. Depois de uma longa estagnação, algo estava mudando. Perturbações: novas tempestades chegando, podia ouvir o estrondo à distância como um eco de trovoadas antes da tempestade.

Eu já tinha festejado meus 18 anos, no verão, num almoço, eu, Nina e Gloria num restaurante, um domingo abafado e cansativo. Aproximava-se também a maioridade de minha irmã, e o juiz da vara de família marcou um encontro entre nós, Gloria e Seba, nossos pais. Desde que mamãe foi embora, nunca mais havíamos nos encontrado todos juntos.

"Mas me explique você, Maddi, por que é que temos que nos encontrar assim?"

"Assim como?"

"Em grupo."

"Você será maior de idade, mamãe e papai não terão mais nenhuma obrigação para conosco", expliquei a Nina enquanto a ajudava a fechar um vestido com zíper defeituoso.

"Tipo um balanço geral antes do adeus?"

"Tipo isso."

"Que absurdo e que estranho, Maddi. Todas essas cerimônias: é ridículo demais, imagina", lamentou-se, fingindo a careta de um bocejo em frente ao espelho em cujo reflexo nos arrumávamos para sair.

"Vai durar pouco, Nina, fique tranquila, até a hora do jantar estaremos em casa. Agora vamos nos apressar, precisamos pegar dois ônibus e corremos o risco de nos atrasar."

O encontro estava marcado no gabinete do juiz da vara de família, no bairro Parioli, atrás da piazza Euclide. Gloria já nos esperava no local marcado, como sempre, antes da hora. Notava-se de longe, elegantíssima: casaquinho preto curto, calças claras boca de sino de caimento macio, no decote, bem à vista, um colar de ouro largo e achatado, cabelo muito bem penteado preso num rabo de cavalo baixo, com um elástico rodado, de veludo. Sombra escura, batom carmim, bolsinha Gucci brilhante com alça. Estava magnífica.

Seba chegou um pouco depois, pedindo desculpas pelo atraso, dizendo que foi difícil encontrar uma vaga para estacionar. O suor pintava sua testa, e a camisa amassada enfiada dentro das calças denunciava o seu estado de estresse. "Cinco minutos para fumar um cigarro, posso?", pediu sorrindo; parecia mais abatido do que nunca, quando acendeu o cigarro, a cada trago aspirado suas bochechas se afundavam, criando fossas que, desde que era criança, eu notava com preocupação. "Puxa vida, Sebastiano, como você está magro, será que está doente?", perguntou Gloria – percebia-se apreensão e um eco de ternura na sua voz, a vida tinha seguido, e muito, estavam distantes, dois estranhos, mas uma intimidade profunda existira entre eles muito tempo antes e aquele tom na voz de Gloria era uma lembrança disso. Não se viam havia mais de dois anos: tinham desobedecido à regra imposta pelo juiz para que se encontrassem uma vez por mês para falarem de nós, comentar nosso crescimento, trocar opinião sobre os problemas da nossa personalidade. Pouco depois, em frente ao juiz, Nina e eu teríamos que ocultar aquele descumprimento por parte deles, uma perspectiva que também nos deixava tensas; estávamos nervosas, desajeitadas.

Ao esperar que Seba terminasse de fumar, ficamos na calçada em frente ao portão. Nina estava muito excitada, a única que tinha vontade de falar. "Olha aquele chihuahua, meu deus, que maravilha!", exclamou ao ver passar uma senhora que parou gentilmente para que Nina pudesse acariciá-lo. Ela queria ter aquele cachorro, embora até minha irmã tivesse entendido a complicação que seria, a obrigação de levá-lo para passear teria abalado os ritmos, atrapalhado nossos treinos, limitado a grande liberdade do esporte. De fato, o chihuahua era delicioso, com pelos longos e dourados, orelhas pontudas como de uma raposa. Nina o segurou enquanto o acariciava, ao lado eu me esforçava no exercício de nos observar de fora: que estranha família éramos (fomos), a mãe linda e elegante, o pai descuidado, malvestido, desconfortável consigo mesmo, um homem sem seu ponto de equilíbrio. E nós duas, filhas: diferentes, inquietas, fora de lugar. Órfãs.

"Quis vê-los juntos", começou o juiz da vara de família ao levantar-se para apertar a mão de cada um de nós e prodigar intensos olhares a todos, "porque daqui a poucos meses Nina, assim como Maddalena, não será mais menor de idade. A extensão da coabitação com a senhorita Roussel, designada no passado por vocês, pais, como figura de custódia, dependerá, claro, da escolha das garotas, mas também das suas possibilidades de apoiá-las". O juiz fez uma pausa, acariciando a barbicha e esboçando um sorriso; o palato apertado e a dentição cavalar conferiam-lhe traços nervosos, um pouco histéricos, dos quais eu não me lembrava – nem teria sido possível, passados tantos anos desde que ele veio à nossa casa em Genzano. "Suas possibilidades": era tudo uma questão de dinheiro, como sempre, mas o tempo havia construído sua nêmesis e agora quem podia garantir-nos um bom padrão de vida era mamãe, muito mais do que Seba.

"O que quero dizer, enfim", prosseguiu o juiz, "é que a solução de moradia que estabelecemos juntos há tantos anos não será mais obrigatória em breve: só opcional. Fiz questão de comunicar-lhes pessoalmente e parabenizá-los, especialmente às garotas, porque de fato seus esforços foram extraordinários. Os bons resultados escolares o mostram e ainda mais os sucessos, que certamente virão, para ambas, na estrada da vida adulta que começa agora."

Aquele breve e solene discursinho deveria ter soado emocionado em sua intenção, até comovente. Aos ouvidos, meus e de Nina, parecia grotesco; mesmo porque uma só pessoa merecia aqueles elogios, e essa pessoa era Mylène. Se tínhamos sobrevivido, crescido bem, ou quase isso, fora graças a ela.

"Vamos, garotas, eu as acompanho", disse papai quando saímos à rua. Para evitar ficar sem graça ao recusar a carona de Seba, Gloria disse que pegaria um táxi.

"E onde é que você encontra um táxi?", perguntou papai, cético.

"Tem um ponto aqui perto, na rotatória da viale Parioli, sei disso porque com frequência ensaiamos os desfiles de outono numa sala na via Mercalli, aqui atrás." Tão segura, nossa mãe: uma mulher que habita o mundo sem tergiversações, tão distante da Gloria que nos havia abandonado. Encaminhou-se para o táxi depois de estampar um beijo em nossa testa, um para cada uma, como uma benção. Iríamos nos encontrar novamente no domingo seguinte, ou seja, em poucos dias, porém, aquela despedida no bairro Parioli foi muito difícil, como por muitos anos em nossa infância e adolescência, foi de novo penoso, um rasgo insensato, violento. Entre Seba e Gloria, um aperto franco de mão próprio para aquela ocasião – seus destinos, já tão distantes, separavam-se oficialmente naquele dia. Eu e Nina desviamos o olhar, impacientes para ver a conclusão daquela tarde tão custosa. Quando enfim chegamos ao Jaguar, Nina pediu para ouvir um pouco de música – "alta, volume bem alto, papai, por favor". Sonoridades que pudessem distrair-nos, levar-nos para outro lugar, transportando os pensamentos para outras paisagens mentais. E nossa infância explodida terminara assim, naquela tarde, ouvindo Sade enquanto tudo desfilava sob os nossos olhos cansados, a cidade, o rio, as bifurcações, os semáforos, os edifícios. Desfilava e escapava sem que nada mais nos pertencesse.

"Sabe, acontece", disse-me Nina na esquina da via Fonteiana, esperando papai, que fora estacionar o Jaguar na garagem. "Li num artigo na *Riza psicosomatica*: algumas pessoas encontram-se, apaixonam-se só para gerar filhos. Quando a tarefa pela qual se juntaram foi cumprida, separam-se."

"Pois é... pode ser, claro", não discordei, fazendo certo esforço de autocontrole.

Para descarregar a tensão, fomos à Villa durante o pôr do sol, do lado da rua della Nocetta. Observei Nina dando suas voltas de corrida, depois desenrolei meu tapetinho de ioga embaixo de um carvalho e comecei meus alongamentos. O juiz da vara de família disse algo certo: no caos, tínhamos nos criado saudáveis. Com retidão, cada uma alinhada com o próprio eixo, algum centro vertical. Ligadas uma à outra com uma linha dupla, ambas atormentadas pela necessidade de cortar aquela linha, desvincular-nos, oferecermos um respiro recíproco. Sustentação e oxigênio. Base e espaço. Contato e depois distância, num movimento alternado como o de sístole e diástole do coração. Sem nunca esquecer que éramos uma mais uma, nossa soma era e seria para sempre aquela.

Terceira parte # AS PARTIDAS

Diego Marano havia começado a aparecer em frente à escola de Nina antes que terminassem as aulas. À espera da pausa antes das provas de conclusão do Ensino Médio, respirava-se agora a atmosfera típica de anarquia e desmobilização que antecede as férias de verão. Fazia semanas que Marano ficava parado ao lado do portão, com um jeito perscrutador, um pouco um espião. Avaliava o rosto dos estudantes no momento em que saíam pouco a pouco do prédio, continuava a observar quantos ainda ficavam conversando do lado de fora. Espiava a postura das garotas e dos garotos, os gestos. Estava em busca de jovens atores, organizava o elenco para uma série televisiva, uma história de adolescentes em Roma, sobre suas primeiras experiências sexuais, drogas, amizades, sentimentos imaturos e fortes. Nina foi logo notada e selecionada para um teste, havia passado na primeira etapa, depois na segunda: foi contratada. As cenas com ela seriam filmadas no outono, agora tinha de se concentrar exclusivamente nas provas. Seu papel seria de uma garota muito paquerada, mas que nunca se entregava a ninguém: uma personagem muito adequada para Nina.

Marano era baixo, poucos cabelos pretos penteados para trás com uma película de gel, testa curta, as narinas um pouco achatadas. Usava óculos de sol: as poucas vezes que os tirava, o olhar era malandro, irreverente, provocador. Uma pessoa prática, poucos pensamentos fixos num cérebro rápido. Tinha entendido minha irmã, seu funcionamento psíquico. Ela era explosiva, atrevida, mas também capaz de ferir-se e ressentir--se com muito pouco. Combinações que ele, Marano, celebrou como promessas de uma forte presença cênica. "Você vai me deixar muito satisfeito", repetia para Nina enquanto mascava um chiclete, a boca resmungava e estalava enquanto ele falava: "Você leva jeito, tenho certeza, basta ter vontade".

Logo Nina tornou-se a obsessão de Diego Marano: estava presente nas suas fantasias, aquela presa selvagem, indócil, difícil de conquistar, era a coisa mais excitante. Já Nina sentia-se incomodada e, ao mesmo tempo, intrigada por agradar àquele sujeito estranho, generoso demais com os elogios e baixo demais (quase nem chegava à altura dos ombros dela). Em casa, chegou um lindo buquê via Interflora, com lírios e pequenas rosas, acompanhado por uma mensagem de roteiro: "À mais linda, Nina Cavallari, e ao seu sucesso certeiro" – banalidades deslavadas, óbvias como a paciência estratégica com que Marano soube esperar que Nina terminasse aquela fase dos estudos para que se decidisse enfim a sair com ele. Com uma nota um pouco mais baixa do que a minha, Nina terminou suas provas com decoro. Depois chegaram as férias – tanto com Gloria (em Sabaudia) como com Seba (em Val Bormida), uma semana com cada um como naquele verão em Ponza, e que havia se estabelecido como uma regra. Chegou setembro, e em nosso apartamento na rua da Villa Pamphili respirava--se outro ar, suspenso e nervoso. Eu me preparava para ir à França; existia um projeto de vida própria, apesar de exíguo, eu tinha conseguido desenhá-lo. Paris, uma bolsa de estudos para italianos oferecida pela Universidade de Nanterre, seis meses que podiam ser renovados. Eu estava zarpando; até para mim algum mar começava a brilhar. Entre mim e Nina acontecia a primeira separação desde que tínhamos nascido: de forma preventiva, como um treinamento para o novo enquadramento iminente, havíamos começado a nos afastar, falávamos menos, cada uma concentrava-se em si mesma. Foi naquele período que Nina decidiu aceitar o convite para jantar com Marano. Problemas à vista, foi o que pensei. Eu realmente não ia com a cara daquele homem, suspeitava daquele seu jeito pegajoso e da esperteza com a qual soubera enredar Nina, adivinhando sua personalidade – como atraí-la, persuadi-la, e principalmente manipulá-la –; eu tinha medo dele. Percepções de um presságio da forte influência que Marano iria exercer na minha irmã. Minha partida aproximava-se e cada vez mais eu sentia a presença dele como algo perigoso. Porém, de fato, eu estava prestes a ir embora, era inevitável que pensasse em mim mesma. Não transigir, nenhum desvio. Não era só que eu não tivesse mais espaço para as confusões de Nina: eu não deveria tê-lo.

O encontro com o juiz da vara de família, em seu gabinete no bairro Parioli, foi vivido como algo difícil para nós, um pouco precipitado, mas sem dúvida premonitório: marcava um antes e um depois. Terminava tanto a temporada com Mylène – que partiu não muito tempo depois, voltando a viver permanentemente em Nantes – como a indistinção entre mim e Nina. Terminaram aqueles longos anos da nossa proximidade total, no limite de uma simbiose que, não houvesse o rigor da vida esportiva a nos ancorar à realidade, teria nos engolido. Mudávamos as geografias, deslocamos meridianos e paralelos do nosso amor de irmãs, o feitiço da nossa intimidade desmedida. Enquanto isso, os acontecimentos galopavam num ritmo estranho, rápido e também bastante natural. Me inscrevi no concurso para a bolsa de estudos da universidade francesa, mas sem muita esperança de consegui-la. Em vez disso, tudo foi muito fácil como são as coisas destinadas a se realizarem: conseguir a bolsa, encontrar moradia em Paris graças a conhecidos de Mylène; depressa organizei os outros detalhes da minha mudança. Não transparecia, mas eu partia entusiasmada, cheia de confiança, e a felicidade e o sentimento de alívio eram coisas que eu conseguia dizer a mim mesma.

Nina sempre tinha um adversário/bode expiatório, e se não tinha o inventava. Era Seba, não tanto pela ingerência das suas visitas (até ela teve que se acostumar a isso), mas pela índole passiva – "por que o papai nunca demonstra um pouco de coragem, de força para assumir as rédeas da própria vida, por quê, você sabe me dizer, Maddi?". Ou a inimiga era eu, caso tentasse concentrar-me nas minhas coisas e não prestasse atenção nela. Ou mamãe, quando não telefonava o suficiente (nos períodos dos desfiles da Gucci, em outubro e abril, tão ocupada com o trabalho ela sumia, era verdade). Nina tinha represnsões, recriminações, para cada um de nós, sentia-se deixada de lado e aquela sensação de abandono traduzia-se em cólera, desabafos rabugentos, ficava de cara fechada por dias. As amigas da vez haviam sido todas descartadas, Nina estava sozinha e logo depois, após a partida de Mylène, também iria ficar sozinha fisicamente em casa. Seu único recurso era a corrida: treinava e retornava de bom humor, simpática, extrovertida, estar com ela era de novo um prazer. Depois, a expressão do rosto voltava a se tornar tétrica, com a diferença que agora ver-me presa no seu mau humor era algo insuportável. Eu estava ansiosa pela minha partida que se aproximava, não havia espaço nem para ela nem para qualquer outra coisa. Nina me acompanhara para retirar o passaporte renovado, esperamos juntas a minha vez no átrio da chefatura de polícia arrumada como sala de espera, um espaço despido de decorações num antigo prédio todo descascado numa ruela atrás da piazza Scotti. Conversávamos sobre a série televisiva produzida por Marano: já estavam trabalhando na montagem, iria para as telas na primavera. Ela disse algo a respeito do enredo, algo do qual não me lembro, uma coisa sem importância, mas minha irmã deduziu, pela minha perplexidade, um julgamento não muito entusiasmado sobre a série como um todo. Valha-me Deus. "Mas o que foi, Nina, o que foi que eu disse de errado..." Em dado momento, ela inclinou-se, as pernas abertas, a cabeça segurada entre as mãos, o olhar fixo no chão, no cimento daquele grande cômodo esquálido. Surpresa, percebi que ela estava inflamada e com os olhos cheios de lágrimas. E enquanto eu, desorientada, tentava falar, "Cavallariiii", chamaram-me, era minha vez. Voltei poucos minutos depois, com o passaporte novo nas mãos; mas Nina já não estava mais lá, tinha ido embora. Não estava na rua nem em casa. Só voltou horas mais tarde, encontrou-me tocando piano, tentando enganar o tempo. Cansada, despenteada, o desleixo exausto de quem andou demais. "Você não tem ideia, Maddi. Daqui a pouco você vai embora, parte, nem pensa no que isso significa para mim..." Fechei a tampa abobadada sobre o teclado do piano, sem responder, sem saber mesmo o que dizer. Ela riu, minha perplexidade parecia diverti-la. "Ai, que irmã, a minha irmã, Maddadura, é o que você é", ela disse, circundando-me por trás, abraçando-me apertado. Maddadura e Ninamole era uma brincadeira de criança entre nós, duas personagens que representávamos e incorporávamos. Depois, ela tirou do bolso um pacotinho e me deu. "Abra-o quando estiver no avião, ok, Maddi?" Poucos dias antes, fizemos nosso brinde no café Giolitti, sabe-se lá por que decidiu me dar o presente naquele dia. Estava alegre e de novo muito afetuosa. Quando abri o pacote no avião, fechado numa caixa transparente, encontrei um despertador com a forma do Snoopy: tecnologia de alto nível, a tela cromada, os números fluorescentes na testa do cachorro. "Boa Paris, Maddi, estou cada minuto aí com você", dizia um post-it colado no papel de embrulho.

Pierre entenderá quando lhe falar a respeito da minha ideia de passar alguns dias em Roma sozinha; ele sempre entende. Nos conhecemos numa festa de aniversário em Montreuil. Era um outono excepcionalmente quente aquele em que cheguei a Paris, e na noite daquela festa, pela quantidade de gente, sufocava-se naquele apartamento. Muitos convidados amontoados numa sala demasiado pequena; numa mesa de canto do cômodo, muitas garrafas de vinho, algumas de champanhe, na chusma algum baseado passado de mão em mão. Em Roma, com Nina, já tinha estado em algumas festas assim; com a diferença de que, em Montreuil, a média de idade era mais elevada e os convidados mais impacientes para se abandonarem, se libertarem com a ajuda do álcool e do beck, assumir um jeito mais desenvolto, os comportamentos não amarrados e presos como são normalmente, devido a uma psicorrigidez generalizada, antropológica, que eu já havia notado.

"Você é italiana, certo?", perguntou-me Pierre ao se aproximar. Sorriso tímido, uma fagulha irônica nos olhos claros, como se estivesse sempre prestes a rir. Começamos a conversar em pé perto da porta, depois fomos até a sacada. Quando era criança, Pierre passara as férias na Toscana, em Forte dei Marmi, por isso conhecia algumas palavras em italiano ("cavatappi", saca-rolhas, sua preferida). Contava-me isso quando alguém esbarrou em mim por trás e metade do meu cálice de vinho tinto caiu na camisa branca dele. "Oh! Mil desculpas, perdão, de verdade." Sentia-me péssima, mas ele, pelo contrário, caiu numa risada, sem se preocupar com as grandes manchas violeta já estampadas sobre o tecido. Poucas coisas colocam duas pessoas num contato tão íntimo quanto rir juntas, e foi assim, com a leveza daquela diversão inesperada, que gostamos um do outro. "Você era bonita, tão bonita, eu não conseguia parar de te olhar." Pierre repete isso para mim quase 20 anos mais tarde, e todas as vezes me sinto gratificada, como se fosse a primeira vez.

Alto, esgalgado, o rosto comprido, o queixo protuberante. Acho-o atraente, mas não diria que meu marido é bonito. Os lábios são finos, mas nunca estreitos, demonstram ausência de ansiedade. Move-se um pouco desajeitado, um canguru engraçado, em vez de saltar, caminha, passos amplos das pernas fazendo um contato fugidio com o chão. Mas Pierre não é abstrato, pelo contrário: assim como eu, é um ótimo planejador, com a diferença que ele faz tudo com muito mais fleuma. Era magérrimo quando o conheci, com o passar do tempo engordou um pouco e aquele tantinho de barriga lhe fez bem, confere-lhe um aspecto de maturidade, menos moço. Disponível e cordial com todos, é capaz de um *fair play* real – não por acaso escolheu a carreira diplomática e se saiu tão bem no seu trabalho. Só às vezes fica muito cansado, exaurido de energias, e nesses momentos fica intratável. Deve então ser deixado em paz, eu já sei, em paz para que recarregue suas energias como ele mesmo sabe fazer – por exemplo, ouvindo Bill Evans, sua grande paixão. É filho único, quando era pequeno passou muito tempo isolado, sem diversão. Por não ter brincado o suficiente naquela época, preserva às escondidas um desejo de leveza, sufocado e que estrangula como uma fome não atendida. Por trás do Pierre gentil, espirituoso, sempre à altura das situações, há o menino que ficou muito sozinho e entediado. Eu logo gostei dos dois: confiei no Pierre mais comedido, apaixonei-me pelo outro, aquele que secretamente precisa de companhia.

Há muito tempo é delegado da Unesco, representante dos consulados da França no mundo, um papel que o obriga a viajar e encontrar muitas pessoas. Mas na verdade, assim como eu, Pierre também é um solitário, tem uma carapaça dura, resistente: alguém que não se extravia nos outros.

De manhã, antes que os filhos entrem na cozinha com seus humores variáveis e suas respectivas exigências – Valentina com os olhos secos que me preocupam, Sam que este ano tem as provas de conclusão do Ensino Médio, mas está sempre atrasado com as tarefas e isso nos faz brigar – quando ainda estamos sozinhos, Pierre conta-me sua agenda do dia: encontros, reuniões, conferências por Skype, almoços em restaurantes famosos ou nas salas privadas dos *hôtels particuliers*. Eu o ouço, sabendo que, em toda aquela mistura de pessoas e palavras, ele terá a capacidade de manter seu silêncio interior, uma calma que será uma casca e irá sustentá-lo.

Acho que dou muito respaldo a Pierre, administro com precisão a casa, ocupo-me da administração do dia a dia dos nossos filhos e faço ambas as coisas com entusiasmo, ou pelo menos me esforço para que seja assim. Nas noitadas mundanas da diplomacia, nas quais o acompanho, sou elegante e gentil – descontando o fato de que evito rever em particular as senhoras com quem converso por lá, de resto, meu comportamento é irrepreensível, eu diria. Coquetéis, recepções, jantares, concertos, vernissages, lançamento de livros, inaugurações de espaços públicos. Ao lado do meu marido, mostro-me sorridente, sempre bem-vestida, ainda mais agora que eu e Nina dividimos o guarda-roupa da mamãe e tenho à disposição roupas realmente bonitas (muitas peças da Gucci). Nas conversas, sou habilidosa em transitar pelos temas mais variados, generosa em compartilhar meus conhecimentos sobre a cidade com as esposas de outros funcionários, as mesmas que me deixam seus números de telefone e eu nunca ligo. Supero qualquer tipo de selvageria e nessas ocasiões abro-me, esforço-me para dar o meu melhor. Pierre sabe disso; sabe da minha paciência para com as pessoas pelas quais não me interesso minimamente, dessas que nunca me arrancam um suspiro de verdadeira curiosidade – sabe do meu tédio durante as noitadas que são como pedras pontiagudas, no deserto rochoso da minha vida parisiense. Vê meus esforços e os reconhece, quando nossos olhares encontram-se de longe, nunca falta um sorriso, cúmplice, amigo. Ainda não era funcionário da Unesco quando nos conhecemos, mas já era um colaborador, recebia por projeto e já era bem remunerado. Não havia nenhuma necessidade de que eu trabalhasse, Pierre quis deixar isso bem claro quando a bolsa de estudos da Universidade de Nanterre terminou e, voltando a Roma, eu pensava sobre como conseguir me mudar para Paris. "Pierre é toda a proteção que você procura", disse-me Nina, certa vez; é bem isso, pensei, ela tinha razão, seu olhar de irmã capaz de ler meu coração já tinha visto como as coisas estavam indo, intuía que eu iria aceitar aquele apoio econômico do meu marido e continuaria a aceitá-lo sempre, não me pesava nem me oprimia porque era antes o símbolo de uma devolução, era uma forma de recompensa, mas não em dinheiro, em termos de segurança. Quando nasceram os nossos filhos, Pierre abriu uma conta para ambos e depositava por lá, regularmente, bastante dinheiro. Tenho absoluta liberdade com as despesas; se quisesse, poderia levar uma vida muito mais luxuosa do que levo e disponho para meus filhos. Em vez disso, escolho a parcimônia, como sempre foi da minha natureza. Extraio energia da medida, limitar-me é o que me dá equilíbrio. "Enfocar o próprio centro, respirar e agir a partir desse lugar": é o que nos dizia Mylène durante os treinamentos, uma máxima que se tornou meu guia. Guia para administrar a mim mesma, até numa cidade consumista como Paris, não ceder à compulsão de gastar, em vez disso encontrar em mim recursos e desta forma retirar-me.

Se tentei dar a Pierre a alegria que lhe faltou quando criança, ele me presenteou com uma estrutura familiar. Casa, isso também nos oferecemos um ao outro. Somos uma casa um para o outro, a mesma que montamos depois de um ano de namoro, nossa primeira casa, na rue Saint-Georges. Passo a passo, dia após dia, apostando em nossa felicidade como uma boa mão de baralho. Sem picos, nem vales, nem oscilações. Um chão firme no qual caminho e jamais caio: é assim, para mim, o meu casamento.

Achei que podia transmitir a estabilidade que encontrei com Pierre nos primeiros tempos da nossa história também a Nina – até mesmo a Gloria e a Seba. Sentia-me tão satisfeita, até pensava na minha vida como algo que pudesse ser compartilhado. Um casamento "reparador", não no sentido literal, mas porque era uma cura, medicava o passado, tanto o meu como o de Pierre, e eu num giro do meu pensamento até o da minha irmã e dos nossos pais. Pierre é o homem com quem fiz amor pela primeira vez, uma noite no casarão da sua família, em Cevennes. Numa e depois tantas noutras noites, nos amamos num colchão que deslocamos por dois lances de escada para que ficasse no chão ao lado da lareira. Eu chorava nas primeiras vezes em que ele me penetrava, não era uma dor física, mas algo de desconhecido que se desfazia e doía. Pierre parava, escutava meu choro. O passado, os vazios que tinham acontecido, as tantas pancadas na minha carapaça: eu chorava estas coisas juntas. Recomeçávamos a fazer amor, eu me agarrava no corpo comprido e magro de Pierre, secava minhas lágrimas nos seus carinhos. Após os sobressaltos, muita paz. Cara paz.

Os primeiros passeios: nós sozinhos na natureza, ouvindo o silêncio que inchava a garganta das calanques. Por tanto tempo afastei a mera hipótese e, no entanto, aconteceu, eu tinha me apaixonado. O sol começava a baixar, voltávamos para o casarão; iríamos acender o fogo, comer pouquíssimo, voltar a fazer amor. 20 anos mais tarde, eu ainda escolheria Pierre. Unir-se na duração é isso: o "sim" que você diz a si mesma como resposta a tantas perguntas feitas em retrospectiva.

"Você não gostaria de vir comigo a Paris?", perguntei a Nina num dia daquele período convulso em que me preparava para partir. Graças a amigos de Mylène, eu encontrara uma quitinete para alugar perto de Alésia, 20 metros quadrados com uma pequena cozinha conjugada. Claro, o espaço seria mínimo para morarmos as duas, mas juntas teríamos dado um jeito e ficaríamos bem, aliás muito bem, como sempre foi ao ficarmos as duas sozinhas. Sabia que era necessário que nos separássemos, como estava para acontecer, vital para mim, mas a ideia de poder inaugurar minha estada no exterior acompanhada por minha irmã confortava-me; preciso de Nina, já naquela época havia entendido o quanto, muitas vezes, seu caos me protegia, muito mais do que minha prudência a tutelava. E depois eu queria alegrá-la, porque fazia muito tempo que não via minha irmã um pouco feliz: desde que conhecera Bruno e com o coração disparado ia até o aterro da Villa Pamphili certa de encontrá-lo.

Mas não, Nina não tinha nenhuma vontade de ir a Paris. "Preciso procurar um trabalho, algo para fazer, Maddi. Assim, nesse vazio, não consigo ficar, você sabe." Estávamos no meu quarto naqueles dias de preparação numa grande e insólita bagunça, a mala de rodinhas com duas divisórias aberta sobre o tapete – havia dias aperfeiçoava a bagagem, acrescentava ou tirava alguma coisa. Nina não me dizia a verdade, eu sabia: nenhuma busca por um trabalho, o fato era que não queria se afastar de Roma porque começara a sair com frequência com Diego Marano. E isso, sem que ela o desejasse de forma consciente, a atraía muito. Mais um apego, esse exclusivo de Nina, uma fixação sobre um prazer sombrio do qual ela já não conseguia se privar.

O vazio a abatia, a inação a enfraquecia e lhe fazia mal, era verdade. Passava horas em frente à televisão, zapeava de forma obsessiva, quando muito conseguia gostar de alguma série, do contrário não fazia outra coisa além de mudar de canal.

"Desliga, Ninuski. Não percebe que assim você se embrutece?"

"Me deixa em paz, Maddi; se eu gosto de relaxar assim, é problema meu. Quando você perde tempo com suas atividades de perfeitinha-sabe-tudo, eu não fico te chateando. Um pouco de respeito, não é?"

Suscetível, nervosa; até o momento em que tocavam a campainha – então pulava, rapidamente se perfumava e retocava a maquiagem em frente ao grande espelho da entrada. Em poucos minutos, já tinha saído. Diego Marano esperava-a embaixo, e na esquina com a via Fonteiana seu Chevrolet preto estava pronto para levá-la para a estrada Laurentina, à casa dele.

Depois chegou aquela ligação.
Havia conhecido Pierre fazia pouco tempo e saíamos havia apenas algumas semanas. Naquele dia, combinamos de nos encontrar na rua, no café Select, perto de Montparnasse, para então irmos juntos ao cinema. Me preparava para sair de casa quando tocou o telefone. Era Nina. O cômodo já estava na penumbra, um sábado lívido de novembro, o céu escuro, frio – se não fosse para sair com Pierre, não teria colocado o nariz para fora de casa. Atendi em pé, como se soubesse que teria de me defender do risco de uma ligação caudalosa.

"Nina, querida, oi, *Qué pasa?*"

"Maddi... oh, Maddi"

E contou-me entre lágrimas. O fato começava de longe. "Sabe, não te disse nada, mas há alguns dias eu me sentia realmente mal, um nojo. Tremedeira nas pernas, uma sensação perene de náusea, nenhuma vontade de comer. Sexta-feira encontrei Diego. Diego Marano, sabe, o produtor da série..." Menção falsamente casual – típico da minha irmã, "jogar um verde", aludir, e dessa forma complicar, meter-me em joguinhos manipuladores aos quais eu sempre me presto. "Sim, sim, entendi, claro... o produtor, aquele que ficava em frente à escola antes do verão." Diego Marano, cabelos brilhantes de gel, sorrisinho meloso: como esquecê-lo.

"Nos encontramos para tomar um aperitivo no Eur, no café Giolitti" (mais uma vez o Giolitti: um verdadeiro marco para os nossos ápices). "Depois de um tempo sentados, senti que precisava voltar para casa, de novo náusea, as pernas tremendo feito vara verde... Ele, Marano, ofereceu-me uma carona. Eu não queria, com uma desculpa disse que não, obrigada, realmente melhor não. Sentia tontura e uma estranha sensação de saciedade: poucas lambidas no sorvete e já sentia como se tivesse de digerir algo muito pesado e podre, estragado, sentia a boca muito amarga."

"Oh, pobre coitada." Os minutos passavam, preocupada os via passar na tela do despertador em forma de Snoopy, presente de Nina, que agora está acampado sobre o armário da pequena cozinha.

"Enfim, Maddi, eu realmente estava muito mal e não queria ninguém por perto. No final, consegui convencer o Marano a me deixar sozinha" (um leve desprezo no gesto de chamá-lo pelo sobrenome), "e ele, muito a contragosto, foi embora. Então perguntei para a moça no caixa do bar onde era o banheiro, precisava fazer xixi e temia logo vomitar. E lá, no banheiro..."

Ouvi Nina ofegante, fungar – estava realmente arrasada, mesmo à distância eu o percebia. Eram 15 para as seis; poucos minutos mais tarde, Pierre chegaria ao Select. Eu estava ansiosa, mas me continha, era impossível encerrar a ligação naquele momento.

"... Lá o quê, Nina? O que aconteceu?"

"Oh, Maddi" Estava menstruada naquele dia, ou melhor dizendo, parecia-lhe que estava para menstruar, então por precaução colocara um absorvente. E naquele banheiro, enquanto abaixava a calcinha, sentiu uma massa roçando no algodão do absorvente. "Uma massa... como explicar: era como um grume, um caroço denso que eu sentia escorrer entre as pernas. Olhei o absorvente e vi aquela coisa..."

"Que coisa, Nina? O que você quer dizer?"

No silêncio da quitinete, a dispersão de Nina ecoava aumentando minha ansiedade.

"Um grume amarelo, viscoso, com filamentos de um estranho muco represado. Fiquei sem ar, era tudo tão estranho, nojento e impressionante. Tive medo, Maddi, ainda que não entendesse absolutamente o que raios estava acontecendo. Medo sim, e a sensação de um vazio, de angústia repentina."

Foi assim que minha irmã teve um aborto: num banheiro público. Abortou, expulsou de dentro de si o filho de Diego Marano. Nina, Ninuski, minha pobre irmãzinha. Duas para as seis, os minutos continuavam a correr no despertador em forma de Snoopy. Agora eu precisava ir, se não quisesse perder a confiança e a atenção de Pierre antes de ter estabelecido um relacionamento com ele.

"E você o que fez? Foi ao hospital?"

"Não. Peguei um táxi e voltei para casa. Mylène estava lá e eu lhe disse que me sentia mal, que precisava deitar. Pedi para me trazer leite; tinha muita vontade de leite, só leite, beber leite..."

No boulevard, correndo para meu encontro, o asfalto estava molhado porque, entrementes, começara a chuviscar. Na sala espaçosa do Select, identifiquei Pierre imediatamente, bebericava tranquilo seu Chablis. Só de vê-lo já me sentia mais calma. Meu amor, ele ainda não sabia, mas já era o meu grande amor.

"O que foi, Madeleine, algum problema?" Minha perturbação se decifrava no rosto; talvez tenha sido um risco em relação ao pouco tempo que nos conhecíamos, um curto-circuito que poderia ter queimado as etapas; mas eu já confiava em Pierre, uma confiança instintiva, segura, então lhe contei sobre o aborto espontâneo de Nina. Ele não fez nenhum comentário, ficou em silêncio. Depois fomos ao cinema, numa sala perto do Select, em Gaumont, Montparnasse. Eu havia escolhido o programa, um filme sul-coreano, uma história de amor contada com máxima lentidão e precisão, sequência por sequência, poucos diálogos, detalhes visuais muito poéticos. A trama: um adultério seguido pelo drama do ciúme que destrói o casal. Foi a mulher quem o traiu indo para cama com um colega de trabalho; é ele, o homem, quem quer a separação. Mas é difícil deixar-se, é extenuante; ele adoece, ela cuida dele, sentimentos de culpa, perdão, tudo encontra uma nova configuração. Era difícil acompanhar: pensava o tempo todo em Nina, naquele grume amarelado, naquela promessa de vida que escapou com a água uma vez que a descarga foi dada. Algo dela – uma leveza, uma ferocidade alegre – ela não teve nunca mais depois daquilo. "Foi a vida quem não quis filhos para mim", disse-me uma vez em que, por acaso (ou por necessidade), enfrentamos a questão. Voltávamos de Manhattan para o Brooklyn de metrô, e eu a ouvi dizer aquela frase no meio da multidão num vagão de trem – um caos que diluía, mas que também amplificava, o peso das suas palavras. Nina não buscava comentários meus, não se importava com a minha reação. Aquele era um diálogo com ela mesma, do qual eu era obrigada a ser testemunha: tornar dizível sua maternidade que não ocorreu, dar-se a possibilidade de pensar aquele pensamento, uma vez e depois nunca mais, assim como uma só vez engravidou e depois nunca mais. Diego Marano (Marano, aliás, como Nina o chamava) nunca soube do filho morto enquanto feto. Permaneceu um segredo entre as duas irmãs, um novo pacto que, como fazem os segredos, nos uniu, mas também nos separou.

Quarta parte OCASIÕES

Partiu para os Estados Unidos na primavera. Expatriava-se, como eu. No outono, houve minha mudança para Paris e aquele percalço para ela, uma perda tristíssima e invisível, um luto do qual só eu sabia. Pouco depois, Mylène também partiu, enviou poucas malas com suas roupas (a maioria esportivas) e voltou à França. Nina ficou sozinha; ficou muito mal, mas tentou reagir: o fato de ter sido ela quem terminou com Marano dava-lhe um pouco de força, alguma autoestima, ainda que débil. Meses de tentativas: conseguira uma colaboração com uma agência imobiliária na qual trabalhava uma amiga de Mylène. Comprou uma scooter Honda, as fotos enviadas por carta mostravam que era vermelha flamejante, brilhante, nova em folha. Andava por Roma naquele bólide, deslocando-se rapidamente de um lugar a outro para mostrar apartamentos à venda ou para alugar. Era cansativo: muitas visitas no mesmo dia em localidades esparsas da cidade, em bairros diferentes e distantes. Dirigia muito, e os ritmos das visitas eram apertados. Não era um trabalho adequado para ela, que foi a primeira a perceber isso. Falávamos pouco porque de repente Nina nunca tinha tempo; falávamos aos finais de semana, longas conversas nas quais a minha irmã só reclamava, a cada vez estava mais cansada e descontente. "Sabe, Maddi, o problema é que não tenho a personalidade certa; não tenho paciência, não sorrio o suficiente. Os visitantes, clientes em potencial, são difíceis, mudam de ideia. Outro dia, um casal precisava fazer uma proposta de compra, o acordo parecia concluído, certo, mas mudaram de ideia na última hora. Caiu por terra! Também levei uma bronca do chefe da agência pelo excesso de otimismo que eu continuava a manter sobre o êxito positivo da negociação..."

Os clientes não davam atenção a Nina, essa era a questão; seu papel limitava-se à posse das chaves das casas e à disponibilidade para mostrá-las, cômodo após cômodo, nos gestos de abrir e fechar novamente janelas, portas, armários, depósitos escondidos embaixo de escadas escuras. Ela era um trâmite, mas permanecia à sombra, isso a irritava, ela sentia-se ofendida. "Estou sempre com a bolsa cheia de maços de chaves, Maddi, e na cabeça, a cada visita, a sensação ilusória de onipotência", ela se abria comigo durante nossas longas ligações nos finais de semana; "de noite, quando finalmente volto para via da Villa Pamphili, eu quase tenho a impressão de que não estou em casa. Sinto-me alienada, é isso, Maddi. Para conseguir correr, acordo com as galinhas, durmo pouco, estou sempre muito cansada".

"Você está se cuidando, pelo menos?"

"O médico me deu algum suplemento, mas não me parece que esteja funcionando."

Mas ela gostava das casas. Havia se apaixonado por algumas das que mostrara – dizia ter deixado seu coração em um dos apartamentos, descreveu-o com a voz entusiasmada: um quarto grande que dava para o Lungotevere dei Mellini, vista para o Tibre, e para além do rio também via-se a cúpula de San Carlo al Corso e o Ara Pacis. "Entendi por que essa ocupação me deixa estressada", ela desanuviou de novo por telefone quando já trabalhava havia algum tempo. "É que me provoca a mesma frustração de quando o papai me mostrava os álbuns de casamento que fazia. Famílias dos outros, felicidade dos outros, organizar a casa para outros: a construção dos outros. E nós, Maddi, o que construímos?"

Enquanto isso, minha história com Pierre decolava, cada dia mais intensa e envolvente. Já havíamos voltado três vezes para a casa em Cévennes e em Paris nos encontrávamos com frequência, praticamente todas as noites quando ele terminava de trabalhar. Num tom leve, mas também muito sério, começávamos a conversar sobre morar juntos. Porém, eu não contava nada disso para Nina: não queria lhe provocar ciúmes; depois, minha felicidade pessoal era, naquele momento, algo que eu desejava que se resolvesse por conta própria, um espaço só meu e de Pierre, no qual o mundo externo não deveria entrar, ao menos não por enquanto.

Em quatro meses de trabalho, Nina conseguiu fechar só dois contratos de aluguel: um resultado muito magro. Sofreu de bronquite crônica por ter andado demais com sua scooter, torceu o tornozelo e acabou imobilizada na cama por diversos dias. Não saía com ninguém; de vez em quando, aos sábados à noite, encontrava Rebecca, a única das suas ex-amigas que ainda demonstrava algum carinho por ela, ou talvez compaixão, o fato é que ela telefonava para Nina, era a única que o fazia. Depois, na primavera, minha irmã encontrou a força para interromper sua colaboração com a imobiliária; nenhum dos colegas ficou desapontado, não levava jeito para aquela atividade, o próprio dono o disse de forma afetuosa.

Foi Rebecca quem levou Nina a uma conferência de Sri Babari no Auditorium, ele era um mestre indiano da região de

Uttar Pradesh. Paixão espiritual à primeira vista. Sri Babari é um guru carismático, exuberante e sorridente nas fotografias nas quais aparece com um colarinho de barba branca, óculos redondos com armação dourada e olhar afável de gato contente. "Não apego", "liberdade do silêncio", "vitalidade da solidão": palavras que abriam uma fresta de luz no céu de Nina. Consolavam a dificuldade do momento pelo qual ela passava, aquela sensação de morte que depois do aborto continuava a habitar seu corpo e seus pensamentos. Os preceitos espirituais do velho mestre barbudo indiano mostravam-lhe outra porção de mundo – vasta, ampla e sobretudo distante.

Em poucas semanas, organizou sua partida comigo. Destino: Nova Iorque, o Brooklyn mais exatamente. Lá na Montague Street, onde todas as manhãs ao raiar do sol, Sri Babari encontra centenas de discípulos que provêm de todos os cantos do mundo. Acordar cedinho, ouvir palavras, fazer silêncio, meditar, viver o resto do dia com o mesmo entusiasmo daqueles amanheceres vibrantes e perfumados de incenso. Contudo, pouco mais tarde, Nina já não aguentava mais. Começou a dizer que as meditações a entediavam, que cantar os mantras lhe dava náuseas. Concentrar-se no vazio – o mesmo esforço que por meses ela havia descrito, para mim, como algo maravilhoso – de repente já lhe era impossível. Também se cansara da imagem de Sri Babari: seu rosto cheio e sorridente demais, reproduzido na imagem pendurada na parede em frente à cama, agora ela se sentia espiada por aquilo. Aquele mundo desencarnado e um pouco dogmático mal se encaixava com sua natureza concreta e livre. Ainda que frequentasse a sala de meditação na Montague Street, logo se automarginalizou do grupo. As primeiras tentativas de fazer amizade foram com uma mulher espanhola, viúva, que em

Nova Iorque era hóspede de sua cunhada (irmã do falecido), e com uma garota muito jovem, de 17 anos, uma tal Barbara, californiana de San Diego, discípula e devota de Sri Babari e que ele amava manter perto de si durante as meditações – pouco depois tornou-se seu braço direito. Mas com ambas, Barbara e a outra, a espanhola, minha irmã teve logo alguns problemas. A impetuosidade de Nina ao formular julgamentos e opiniões – aquela sinceridade temerária demais que é característica da sua natureza – fora percebida por ambas como arrogante e presunçosa. Uma excessiva "mentalidade julgadora" lida como a vazão de um desassossego dos pensamentos, isso era alheio à filosofia coletiva e oposto ao espírito de uma autêntica meditadora. Ferida pelas incompreensões, Nina afastou-se, parou de sair com as duas nos finais de semana. Espaçou-se também a frequência da sala de meditação: não colocava mais o despertador às quatro e meia como havia feito por meses para poder chegar pontualmente aos encontros com Sri ao amanhecer. Conseguira não brigar com Sri Babari – pelo contrário, até mantiveram boas relações. Tiveram um encontro particular, num quartinho que era o escritório dele, um breve diálogo que ela me relatou nos mínimos detalhes. Nina, honesta, comunicou-lhe suas dificuldades. "Tome seu tempo", respondeu-lhe bondoso Sri, "se não tem certeza de que seja esse o seu caminho, seja você mesma. Espere." Sentiu-se abençoada por aquelas palavras, legitimada para fazer o que queria. E depois, sentia gratidão por Sri Babari, pois havia sido ele e a límpida beleza dos seus ensinamentos a dar-lhe coragem para deixar Roma, fechar uma longa fase de amores maltrapilhos, destrutivos, com homens que não a haviam amado como ela desejava ser amada. Também foi possível afastar-se da nossa história de filhas graças à energia magnética de Sri Babari. Ir um pouco além daquela infância explodida, cujos vestígios continuavam a ser um obstáculo, nos impediam de alçar um voo verdadeiro.

A bênção deve ter tido seu efeito, pois Brian surgiu naquele período. Ele e Nina se conheceram em Vermont durante um retiro intensivo de Sri Babari. Minha irmã havia ido para mostrar (para si mesma, antes que para o grupo) que não havia saído completamente. Brian, ao contrário, estava por lá a conselho de um amigo: estava prestes a inaugurar sua primeira galeria de arte, sentia-se bastante estressado e tomado por pensamentos, confiava que iria conseguir "desconectar" graças àquele final de semana de meditação. Ele e Nina gostaram um do outro desde o princípio, uma verdadeira paixão à primeira vista; depois de três dias em Vermont, voltaram juntos para Nova Iorque e desde então não se separaram mais. Ela me ligou para contar, lembro-me que caminhava pela rue de Rennes quando ligou. "Tenho uma novidade importante, Maddadura": entendi na hora que estava para me dar uma notícia, assim como intuía que aquele encontro seria importante, positivo, que não teria sido simplesmente uma paquera nem só um jogo de sedução. Ao se abrir, Nina tinha um tom feliz, mas não exagerado – diferente das outras vezes, nenhuma ênfase dramática. Logo, ela e Brian começaram a trabalhar juntos, nas diferentes galerias dele: uma mistura de trabalho e sentimentos que no tempo se revelou sadia, não ambígua. É um tipo de compromisso com características adequadas para Nina: trabalhar em nome do amor pela beleza, manter uma vida social intensa, exercitar um papel de semidiretora que a faz lembrar o trabalho de mamãe. As coisas se juntavam, a vida da minha irmã não seria mais um caleidoscópio formado por diversas Ninas fragmentadas. Com o passar do tempo, fez várias viagens com Brian para encontrar artistas-autores de obras e instalações em seguida expostas e vendidas na galeria. Juntos estiveram em Sidney, Xangai, Atenas e em muitos outros lugares. Nina cortou os cabelos curtos porque era como Brian gostava. Estava fantástica quando veio nos visitar em Paris, aquele penteado estilo Gavroche, um tufo maior perto da testa e atrás, na nuca, os cabelos raspados com máquina zero. Daquela vez passou conosco um final de semana – uma escala em Paris escolhida propositalmente no trecho Roma/Nova Iorque. Caminhamos juntas no dia seguinte à sua chegada, eu e ela, de casa até o Jardin Albert Kahn, em Boulogne-Billancourt. Por uns 15 quilômetros, rápidas, quase voando; era sábado de manhã, sol pálido, Nina via o Jardin Albert Kahn pela primeira vez, mostrei-lhe os nenúfares, as casas japonesas, a reconstrução do monte Fuji feita graças a milhares de pétalas violeta e cor-de-rosa espalhadas sobre uma elevação em forma de colina. Estava entusiasmada como em todas as vezes que algo lhe provoca quietude, uma condição que não é natural para ela e que por isso também a deleita. Tão leve, positiva; e seus tristes amores em Roma, os mundos sombrios, o veneno nas palavras, tudo deixado para trás. Embora a mamãe sempre tenha tido cabelos compridos, com o novo penteado, Nina, naquele dia, se parecia demais com ela. Quase idênticas. Pensar aquilo me comovia, reativava muitas imagens do passado, outras projetadas no futuro.

De manhã cedo, depois que Pierre e os filhos saem e antes que eu mesma saia, arrumo a casa, organizo nossa vida doméstica. Redijo longas listas de compras do mercado e depois deixo com o entregador do Carrefour responsável pela nossa entrega duas vezes por semana. Ligo para o dentista, o oculista, o mestre de reiki; marco ou mudo consultas para nós quatro – uma agenda dividida em quartos vive na minha cabeça, quatro vidas simultâneas. Preparo as coisas para levar para a lavanderia; quando Linda, a mulher peruana que há anos nos ajuda com os serviços domésticos, chega pontualmente às oito e meia, dou-lhe as instruções de trabalho – poucos detalhes, sobretudo decidimos juntas o que cozinhar para o jantar. Faço todas estas tarefas de forma automática, com confiança cega na minha racionalidade – que é ampla, a essa altura conquistei suficiente maturidade e consciência para saber o quanto sou precisa neste tipo de conjuntura. Depois, saio. Faça calor ou faça frio, tempo bonito ou encoberto, sol ou chuva ou neve, não importa; saio, não conseguiria ficar em casa. Uma vez na rua, acelero o passo; consigo não parar por horas, na grade/gaiola da cidade geométrica, meu ritmo é incansável e perpétuo. Pierre sabe dessas longas caminhadas, no fundo acho que tem até um pouco de ciúmes, mas não se opõe, respeita-me. Sabe, mas não sabe – não sabe que quando caminho é uma Maddalena diferente a que me motiva e faz-me caminhar, caminhar e caminhar mais. Nem esposa, nem mãe; nem irmã, nem filha. Alguém sem laços nem defesas, carapaça fina, só absorver, avançar, a respiração em sintonia com a incidência do passo. Livre, sozinha. Pronta.

Sozinha, obstino-me a caminhar. Caminho até não sentir mais as minhas pernas e os pulmões dilatados ritmam os batimentos do coração, acelerando-o. Agora, para minhas andanças cotidianas, faço exclusivamente o percurso no eixo horizontal de Paris – o mais extenso, de oeste a leste. Porções muito distantes e diferentes da cidade do 17º arrondissement onde moramos: área populosa, ruidosa, misturada. As ruas ao redor da Gare du Nord, onde há muitos *clochard*, pessoas sem teto, que estendem cobertores velhos e sacos de dormir e organizam assim suas camas nas calçadas ou nos bancos ao lado dos trilhos do metrô, ou montam barracas e acampam pela rua. Não paro de olhá-las, eu as espio sem me mostrar; na passage du Désir, próximo à Gare de l'Est, notei uma mulher jovem parada sempre no mesmo lugar, agachada em frente à porta de enrolar fechada do que um dia foi uma lavanderia, da qual sobrava apenas a placa, desbotada e coberta de pó. Uma mulher ainda jovem: com linhas provocadas pelo vento e opaca pela falta de higiene, a pele do rosto é lisa, pode-se imaginar que seria bonita sem as vicissitudes de indigência. Percebo seus olhos claros, famélicos, em busca de comida, de uma vida digna, de alguma paz. Nos dias seguintes, volto a espiá-la, algo me chama novamente. Vejo que lê um livro, provavelmente uma história policial, porque a capa é preta como são as das edições dos romances de detetive franceses. A leitura deve ser uma paixão, julgo pela quantidade de páginas que devorou de um dia para outro. Indiferente aos olhares dos transeuntes – inclusive ao meu –, lê concentrada e não percebe que a observo. Está vestida com calças claras, surradas, uma blusa azul-turquesa alargada com a palavra LOVE em preto, na frente. Volto para vê-la na manhã seguinte, é assim por dias. É mais forte do que eu, ao sair de casa, acabo indo ver aquela mulher na passage du Désir. O pensamento de que passa frio, fome. Sono. Naquele dia, novamente, ela percebe minha presença. "*Qu'est que vous voulez, Madame?*" O que quer de mim, senhora? A pergunta vibra como uma descarga nervosa, gelada como o ar da manhã, dura como o seu olhar que contrasta com a harmonia do rosto. "*Rien, rien je vous l'assure; juste vous offrir un café, si vous voulez bien.*" Eu lhe garanto que não quero nada, só gostaria de lhe oferecer um café, nenhuma outra intenção de minha parte; no entanto, é verdade que ela também não quer nada, é verdade que a incomodo, ela não sabe o que fazer com minha empatia.

Assim, me obriguei a não mais ir vê-la. No dia seguinte, vou caminhar noutra direção, distante, do lado oposto, ao oeste e rumo à ponte de Sèvres, e relutante, nos dias seguintes, continuo a caminhar distante de lá. Reflito sobre o narcisismo dos meus gestos de piedade, sobre minha falsa generosidade, e ao pensar nisso sinto-me invadida por um arrependimento pungente, próximo a um sentimento de vergonha. Contudo, não paro de lembrar daquela mulher: na minha cabeça, tornou--se uma interlocutora. Estou procurando respostas, atordoada pela dúvida se devo ou não viajar para Roma.

"Estou pensando em viajar por alguns dias, Pierre. Desde o funeral da minha mãe que não volto a Roma. Preciso rever a cidade; sinto falta."

Acordamos há pouco tempo, Pierre antes de mim. É sábado de manhã, os filhos ainda dormem, as lâminas levantadas das persianas automáticas filtram a luz clara do dia. É o "nosso" momento, o espaço em que estamos sozinhos e podemos nos dizer nossas coisas, trocar informações sobre a vida doméstica, debater os dois sozinhos sobre as questões mais pessoais. Interstícios de intimidade que se tornam parte da rotina de um casal bem-encaixado como somos nós, quando o tempo da intimidade torna-se exíguo, sempre sacrificado pelos excessivos compromissos da vida de adultos e de pais, esmagado pelos gestos cotidianos que confirmam continuamente a constelação de responsabilidades mútuas, o vínculo desses encaixes, a força da nossa união.

Pierre agarrou os óculos, lê o seu Simenon – quase terminou e levou algumas semanas, sua fleuma o leva a saborear tudo, até a leitura. Veste um pijama velho, surrado, de algodão, com listras marrons e azuis, e com aquela roupa e o pincenê sobre o nariz aparenta ser mais velho. Um velho simpático e sábio. Levanta o olhar do livro *O homem que olhava o trem passar*, perscruta-me de forma neutra, sem muita atenção.

"Que desejo estranho, meu amor. O que é que você poderia encontrar em Roma que já não conhece? Mas vá, claro, imagine, se sente essa necessidade. Eu cuido dos filhos, assim você pode viajar mais tranquilamente. Posso até tirar uns dias de férias; preciso terminar o artigo para o anuário das Nações Unidas que me pediram semana passada."

Pierre, meu Pierre. Como você entende tudo, e tudo antes de mim. "Meu amor, obrigada. De fato, eu não havia pensado sobre isso, mas é verdade, se sei que você estará em casa, fica mais fácil para mim deixá-los..."

Ele sorri, eu também sorrio. Em geral, sabemos nos comunicar através de gestos mais do que palavras, agora, porém, sinto que quero expressar meu reconhecimento a todo custo para meu marido. Coloco a cabeça sobre seu peito enquanto, com os olhos fechados, começo a acariciá-lo, de leve abaixo a mão até enfiar os dedos nas casas de botões alargadas da aba do fechamento das calças puídas do pijama. Ao abrir os olhos, pego o livro que ainda estava em suas mãos e afasto-o para longe, escorrego os dedos mais fundo, além do elástico do pijama. Sob a palma da mão, sinto seu membro intumescer ao toque experiente dos meus dedos que começaram a masturbá-lo. Fecho novamente os olhos, já entregue ao prazer que irá me inundar. Fazemos amor, uma transa sincrônica, nem longa, nem breve, o tempo de que precisamos. Depois de tantos anos, conhecemos perfeitamente um o corpo do outro, cada detalhe daquilo que mais excita e dá prazer. Deliciosos arquipélagos conhecidos, nossos respectivos corpos. Sei que há um trecho das costas, pouco acima da lombar, que faz Pierre enlouquecer quando o toco, assim como ele conhece perfeitamente meu ponto mais erógeno, atrás das coxas, debaixo das nádegas, um ponto exato que basta acariciar com a ponta dos dedos para que eu fique em êxtase. Naquela manhã o prazer era especialmente intenso, talvez porque planejo viajar, há uma nota diferente em nossos orgasmos, um eco mais dolorido que me comove.

Quando Gloria morreu, ficamos sabendo que outra mulher da família Recabo também havia morrido, 32 anos, de infarto, ainda mais jovem do que nossa mãe. Não são tão frequentes os casos de mulheres infartadas, e saber que se tratava de uma tragédia hereditária havia consolado minimamente a mim e a Nina. O funeral em Prima Porta, a dor velada de Seba, a dor digna e devastada de Marcos. A consternação das filhas, não preparadas para o golpe violento daquele acontecimento imprevisto. Tudo foi rápido, tão malditamente rápido como, depois, foi difícil e lenta a elaboração. Por isso também a necessidade de partir, rever Roma. Reinventar a conclusão póstuma de um percurso que, entretanto, concluiu-se de forma traumática porque fora rápida demais.

Eu poderia ir a muitos outros lugares, até a Nantes, onde Mylène voltou a morar. Ela está feliz, trabalha como *personal trainer* e vai à casa dos clientes e, embora não seja mais uma garota, ainda está muito em forma; está num relacionamento, moram juntos. Convida-me com frequência, sozinha ou acompanhada pela família, "como preferir, Maddi, ficamos bem de qualquer jeito", ela me diz por telefone, alegre – nos visitou em Paris algumas vezes e os meus filhos a adoram. Nunca vou. Os destinos poderiam ser muitos; entretanto, somente Roma é uma obsessão. Rever a minha cidade e a de Nina, iludir-me por alguns dias a recompor um mosaico cujos pedaços até na memória quase se perderam. Suturar um corte que não se reconstitui: Gloria já não está entre nós, o baralho virou, as cartas estão marcadas. Fui atravessada por pensamentos assim quando, naquele sábado de manhã, fiquei sozinha em casa e liguei o computador e finalmente decidi comprar uma passagem aérea para Roma.

Reservei um hotel no bairro Monti. Queria ficar próxima à via Borgognona, passear naquelas ruas lindas no começo das manhãs quando tudo ainda é calmo, imerso no silêncio, os paralelepípedos ainda úmidos do ar noturno, nenhuma scooter estrondosa, nenhum automóvel. Gloria chegava todos os dias por volta das nove da manhã, uma hora antes da abertura da loja. Posso imaginá-la, uma mulher dinâmica e bonita, sempre vestida com muito cuidado, todas as manhãs vai ao trabalho com os meios de transporte público saindo de um bairro distante e bem diferente da cidade, longe de ser elegante. Nunca se gabava do seu cargo, das suas responsabilidades de prestígio como diretora responsável da principal sede da Gucci em Roma. Não falava conosco sobre sua vida profissional e acho que pouco falava com Marcos – cujo trabalho ia bem, mas sem que um fundo de frustração e leve inveja em relação a ela se dissipasse por completo. A profissão era um equilíbrio privado de Gloria e, da maneira como ela era, nunca teria tido a ideia de ostentar sua posição brilhante conquistada por acaso (ou por sorte), nem de vangloriar-se pela grande capacidade, lucidez e disciplina com que resolvia suas importantes tarefas. Nós nos orgulhamos daquele papel desempenhado por nossa mãe. Seu status profissional tinha um efeito reparador – em nossas fantasias, algo que compensava o vazio que ela mesma havia criado. Até Nina, sempre severa e assertiva em seus julgamentos, diante do sucesso da mamãe se calava. Era um ponto de luz, a iniciativa demonstrada por Gloria, com a qual havia conseguido estabelecer-se num mundo de alto padrão e luxo, muito diferente do nosso e do dela. "Um dia você nos leva a um desfile?", pedia Nina. Um pouco como a felicidade imortalizada nos casamentos retratados por Seba, "os desfiles" também eram uma imagem abstrata, fabulosa e inacessível aos nossos olhos de filhas. Gloria a desencorajava, sorridente, mas irremovível como sabia ser: "Não, estrelinha, não vou levá-las; eu também vou raramente, você sabe. Coloco as roupas à disposição, trabalho para prepará-las, colaboro com algumas montagens, mas é raro que eu participe de um desfile". Eu a admirava mais uma vez. Seu rigor balanceava todo o caos que havia passado, tinha um efeito de reequilibrar nossa vida virada do avesso pelas escolhas que haviam sido sobretudo suas, da nossa mãe. E depois, um pouco como o esporte para Nina, a retidão demonstrada por Gloria no trabalho teve um efeito positivo sobre sua volubilidade. A profissão mudou-a: fez dela uma pessoa mais estruturada, em equilíbrio. Amava trabalhar e isso lhe fazia bem. Era algo que também transparecia em seu aspecto: quando estava conosco, nos domingos em que podíamos passar juntas, estava bem-vestida, sim, mas nunca perfeitamente elegante como quando trabalhava na loja. Lá ela tinha outro semblante, vestia uniformes que eram máscaras e que, contudo, eram como uma luva, porque ela, em primeiro lugar, se identificava com aquilo.

    Encontraria Marcos em Roma com prazer. Raramente nos falamos, mas penso nele com frequência e com uma gratidão afetuosa. Soube fazer nossa mãe feliz quando ela pensava que nunca poderia saber ser feliz. Deu-lhe alegria, serenidade e uma longa e tranquila convivência. Marcos, porém, não está por lá, está na Argentina. Pouco antes de deixar Paris, lhe escrevi um e-mail informando sobre a minha viagem, ele respondeu-me que, devido a uma longa pausa entre um filme e outro, decidira partir. Marcos tornou-se um técnico de som reconhecido, muitos diretores o chamam para colaborar. Imagino a tristeza que sente vivendo na casa de Portonaccio sem Gloria. Eu e Nina finalmente vimos aquela casa, uma só vez, na manhã do funeral de mamãe. Antes não havia acontecido: embora fosse possível quando nos tornamos maiores de idade, não houve uma oportunidade. Eu emigrei, Nina também viajou e nos meses que antecederam nossas expatriações, não passou pela cabeça de nenhuma das duas fazer aquela visita. Mamãe estava sempre trabalhando, e a casa onde morava passou de objeto de desejo em primeiro lugar, em nossas fantasias, para um lugar como qualquer outro, simplesmente um lugar de descanso da vida tão ativa, em outros momentos, de Gloria.

A pequena procissão fúnebre saiu da frente da casa. Ficava no final de uma rua sem saída, no terceiro andar de um predinho de quatro andares, era exatamente como Gloria o havia descrito. Acolhedor e bem-cuidado, dois cômodos ensolarados, as paredes revestidas com um papel lilás, uma harmonia que se lia nos pequenos detalhes da decoração – a trepadeira no cestinho pendurado no teto da entrada, um espelho em forma de baleia, os pratos azuis combinando com as cortinas da cozinha, um pôster com a vista aérea de Manhattan e, na mesma parede da sala, muitas fotografias nossas, nossos retratos em preto e branco emoldurados, closes de Nina e de mim que papai (pelo menos isso) havia oferecido a mamãe. Um ninho de amor: consigo imaginar a tristeza de Marcos em viver por lá como viúvo, mas é um pensamento fugidio, não sei como me deter nele.

Na manhã do primeiro dia, passeio pelo centro, da via Borgognona até a piazza del Popolo, depois pela via Ripetta e chego à piazza Navona. Há quanto tempo estou fora; e quanta beleza – é maio, o sol está morno e dourado, a obra-prima da praça me enche os olhos. Lembro-me de um domingo muito distante, eu e Nina levadas ao mesmo local por papai. Eram os dias seguintes ao réveillon, por todo o perímetro da praça estavam montadas barraquinhas, uma ao lado da outra, da Befana. Papai nos comprara duas nuvens gigantes de algodão--doce cor-de-rosa e entradas para o tiro ao alvo: Nina acertou bem no alvo e nos fez ganhar um peixinho-dourado, que não parava de dar voltas no saquinho de plástico transparente dentro do qual o levamos conosco até Castelli Romani. Mamãe tinha partido havia poucos meses, da casa grande demais e vazia cuidava nossa avó, Imma, e fora com sua ajuda que logo passamos o peixe para um recipiente no qual sobreviveu somente por poucos dias, antes de ser enterrado no jardim e logo esquecido. Reencontro a alegria melancólica daquele domingo da nossa infância enquanto me apoio sobre um dos pequenos pilões de pedra ao redor da fonte central e admiro a estátua do deus do rio Ganges de Bernini. Nossa infância explodida; repentina, um desejo, sem motivo algum, de falar com meu pai. Do fundo da bolsa retiro o telefone e ligo.

"Em Roma? E o que você está fazendo em Roma, Maddalena?" Seba se espanta, está bastante surpreso. Encontrei-o em casa, em Milão; há algum tempo diminuiu o ritmo de trabalho, talvez sinta que está envelhecendo, talvez já não tenha tanta vontade, não sente tanta necessidade psicológica, de fato ainda é fotógrafo, mas é uma atividade que faz num ritmo preguiçoso, muito menos agitado do que no passado. Não tem namoradas; talvez de vez em quando alguma amante, mas nunca mais foram vistas namoradas. Parou de falar de astrologia, e além de imortalizar a felicidade dos outros e cheirar cocaína, é difícil saber quais são de fato os seus interesses. Por mais que me pareça que pouco o conheço, posso intuir que a morte repentina de Gloria o abalou. Nos vemos raramente, há dois anos veio nos visitar pela última vez em Paris – sempre naquela correria, magro demais, o rosto um leque de rugas nervosas, enrugamentos da pele agora até no pescoço, nas maçãs do rosto, perto dos lóbulos das orelhas. Cronograma turístico sem descanso: sozinho, naqueles poucos dias, foi até a torre Eiffel, ao Louvre, à Maison de la Photographie e a vários outros museus. Duas noites passadas juntos em casa com Pierre e nossos filhos, tentando encontrar algo para conversar sem muito sucesso. "Que pessoa estranha o vovô", comentaram os filhos quando ele foi embora. "Parece um extraterrestre", comentou Sam. Estávamos à mesa, Valentina começou a rir; eu chamei a atenção deles, embora a observação também me fizesse rir e fosse mais do que pertinente. "*Drop out*, mais do que extraterrestre", retifiquei comigo mesma.

"Estou na piazza Navona, imagina só, pai."

"Imagina que beleza"; passada a surpresa pela minha ligação inesperada, Seba estava feliz de falar comigo ao telefone. "E o que diz a sua irmã de você ter ido a Roma assim, sozinha, sem marido e sem ela?"

Pois é. Nina. De repente percebi que a única pessoa que não sabe das minhas férias romanas é justamente minha irmã. Contei para Leyla, durante nosso último almoço, perto do Palais Royal, Leyla ficou feliz, tinha até me parabenizado ("Parabéns, Madeleine, que boa decisão; você verá como se sentirá bem quando voltar, renascida!"). Agora até meu pai, que nunca sabe nada de mim, está sabendo. Mas esqueci de contar isso a Nina, por que será? Talvez eu saiba o motivo, mas não queira dizê-lo a mim mesma. Se me ligar ou mandar alguma mensagem – com certeza fará uma das duas coisas –, vou inventar uma desculpa, vou omitir onde estou. Caso contrário, ela faria um barraco.

Me despeço do meu pai, volto a caminhar – aquela lembrança de quando éramos crianças com o peixinho-dourado que teve uma vida brevíssima me entristece, continuo capturada por uma melancolia intensa, mas enérgica, sigo adiante rápida, veloz, mas também delicada, nada de marcial como nas minhas travessias de Paris. "Vê-se que você precisava disso, já que estar em Roma lhe faz tão bem, como você me conta, amor", Pierre me diz quando, ao voltar tarde para o hotel, finalmente ligo para ele. Ouço sua voz bem nítida, vivaz; diverte-se ao escrever o artigo para o anuário das Nações Unidas, diz, e também – não o acrescenta, mas é o que penso – cuidar pela primeira vez sozinho dos filhos lhe é algo gratificante, isso também o deixa de bom humor.

Na manhã seguinte, vou do hotel até o largo Argentina e de lá pego o bonde número oito. Desço na viale Trastevere, na altura do Ministério da Instrução Pública, volto alguns metros até a parada do ônibus 75. Quero voltar para Monteverde.

A rua da Villa Pamphili é como eu a via nos meus pensamentos: longa, na metade faz uma leve curva, prédios não muito altos (no máximo três andares), pintura vermelho-tijolo, azul-celeste, verde-claro. Poucas arvorezinhas plantadas aqui e lá, poucas lojas. Diante daquela que era a nossa casa, ao levantar o olhar, consigo ver o canto da nossa sacada. Sorrio, livre e nostálgica. Estou à procura destes sentimentos há semanas, desde que, ainda em Paris, coloquei na cabeça que queria ir a Roma. Eis o sentido da minha pequena peregrinação: essa tristeza desbridada. Passa um ônibus, percebo-o com espanto – não passavam quando morávamos aqui. Entro na Villa Pamphili pelo acesso lateral, o "nosso". Faz mais de 20 anos que não volto, e ainda assim o primeiro olhar e a impressão diante daquela explosão de verde são idênticos aos de antes. Ar puro, árvores, um verde que imediatamente fala ao meu coração. Pego a avenida larga, percorro-a inteira quase até o fim, quando na altura da Casina del Bel Respiro é possível virar à direita. Os degraus das escadas subidos de dois em dois como Mylène nos instruía, um exercício que marcava o começo do treino. Volto ao aterro. No canto do lado esquerdo do circuito, está o mesmo pinheiro altíssimo, aquele sob o qual eu me encolhia para seguir as voltas da corrida de Nina antes de começar minhas sequências de exercícios que não eram de "cardio", seguida por Mylène, que havia feito um plano de treino especialmente para mim. Sento-me sob aquele pinheiro, as pernas cruzadas; fecho os olhos, inspiro e expiro profundamente. Não há ninguém por perto, só alguém fazendo *jogging*, mais adiante, pelo perímetro. Clima ideal, uma temperatura primaveril magnífica, nem frio nem calor. Que bem-estar, aquele silêncio, aquele sol, poder respirar daquele jeito.

    Não percebo, mas devo ter ficado diversos minutos com os olhos fechados; quando os abro novamente, vejo um rapaz diante de mim; de pé, ele me olha, ficou curioso, um pouco atônito. Tem olhos aquosos e arregalados, cor de avelã clara, quase mel; uma barbinha curta, os cabelos castanhos bastante longos.

    "Oi. Como é que pode você estar aqui a essa hora da manhã? Não trabalha?" Sorri, e vê-lo ser gentil me faz pensar num elfo, um elfo da floresta – aliás, de uma floresta de pinheiros. Deve ter uns 25, 27 anos, não mais do que isso. Um elfo sim, a expressão doce e animada, uma inocência nas feições, uma luz amena na qual logo confio instintivamente.

"É que não vivo aqui; estou visitando Roma, como turista... embora não seja uma turista casual", digo, divertida pela fala boba, mas cheia de sentido por mim.

Com absoluta naturalidade, nenhum tipo de vergonha, começamos a conversar. Em seguida ("me chamo Tommaso conhecido como Tommy", ele tomou a iniciativa de se apresentar), agachou-se, sentou-se ao meu lado. Veste uma camiseta verde-oliva sobre uma calça macia, branca – vai sujá-la, esfregando-a assim sobre o chão, penso, mas parece que isso não lhe importa em nada. Faz muitas perguntas, escuta mais do que fala. Conto-lhe que eu morava lá, conto dos treinos pelo perímetro do aterro que está diante de nós, vasto e solene como um altar. Falo de mim, de Nina, minha difícil e amada irmã que mora no Brooklyn.

"E seus pais?"

"Minha mãe não vivia conosco, e para dizer a verdade, nem nosso pai..."

Desse jeito, em fragmentos, pequenos acenos, conto para aquele desconhecido a história da nossa infância explodida.

Depois, de volta a Paris, será difícil reconstruir a sequência dos acontecimentos, um mal-estar amplificado pela minha resistência em lembrar. Conversando, descemos até o Trastevere, por uma ruela íngreme que costeia a Fontanone del Gianicolo – a mesma que percorria subindo, anos antes, Giacomo Barresi indo visitar Nina na esperança de encontrar nela um acolhimento festivo que nunca acontecia. Continuando a descida, ao cruzar a via Garibaldi, chegamos à piazza Trilussa. Mais confusas as imagens que se seguiram: estamos sentados num bar, há ruído ao nosso redor, muitas pessoas, música tocando em pequenos alto-falantes dispostos nos quatro cantos do teto. Tommy pega minha mão nas suas, beija seu dorso, o contato dos seus lábios é macio, quente, sinto uma dedicação e determinação audaciosa, uma mistura de intenções que me excita, assim como me perturba a inocência descarada e insistente que li pouco antes em seus olhos.

"Você é lindíssima, Maddalena. Não podia imaginar encontrá-la, mas fazia algum tempo eu sentia que algo importante estava para me acontecer – e olha, era você." De novo, depois daquelas palavras, inclinou-se para beijar minhas mãos, os pulsos, a ponta do nariz roça minhas palmas, lambe um dedo, faz um gesto para chupá-lo. Eu me acendo, enquanto por baixo, entre as coxas, sinto que já estou toda molhada.

Para subir até o meu quarto de hotel, evitamos a recepção porque Tommy não tinha consigo um documento, morríamos de vontade de subir e nos pareceu mais fácil fazê-lo sem que ele se apresentasse. Ele então se esgueirou pelos quatro lances de escada e, quando saí do elevador, ele estava lá à minha espera. Meio-dia num hotel de três estrelas, não muito central, quase nada acontece. Os quartos já foram arrumados, os atendentes da recepção podem fazer outras coisas, estão dispensados do atendimento aos clientes que, naquele horário, costumavam estar todos fora. Salas, elevadores, corredores estavam desertos, envoltos num silêncio absoluto e abafado. Nem nós fizemos barulho. O clique da fechadura anunciava o fechamento da porta atrás de nós e já estávamos nos despindo, rápidos, precisos nos gestos, como se não fosse o tesão de fazer amor a nos guiar, mas uma necessidade, uma obediência recíproca voltada a algo maior do que nós dois. Respeitar e honrar a única coisa que era justa e sagrada a ser feita naquele momento. Amamo-nos sobre a cama feita, os lençóis rígidos por serem excessivamente engomados cheiravam como uma roupa grosseira. Amantes: era uma devida ação, a conclusão natural do nosso tempo juntos na Villa Pamphili e daquele passado descendo para o Trastevere – tempo de palavras, e silêncios, e risadas, tempo do nosso sentir-nos, cheirar-nos, desejar-nos. Um prazer muito intenso, gritei rouca, sobressaltos violentos de um orgasmo que vinha do meu lugar mais profundo. Não a circunstância, nem as palavras que dissemos um ao outro, mas o júbilo daquele momento, isso nunca esquecerei, sei porque mesmo no passar dos dias continua a palpitar dentro de mim. Um choque, eu ria e chorava, tudo estava lá, e eu por inteira estava com ele, com aquele rapaz. Além de Pierre, eu não conhecia nenhum outro homem, nenhuma outra intimidade; todo desejo de Tommy era novo, e algo novo de um jeito selvagem esse meu desejo de satisfazê-lo – numa corrida, até um ponto preciso, e nunca antes sentido, da alma.

Depois do amor, adormecemos juntos. Antes de fechar as pálpebras e descansar um pouco, passei os dedos entre seus cabelos, estavam ensopados de suor. "Como você é louca, Maddi", disse a mim mesma, maliciosa, acabada e feliz.

Nos vimos novamente outras duas vezes antes da minha partida. No hotel, pela manhã, de novo nos esgueiramos pela escadaria, evitando que Tommy se registrasse na recepção. Beijei-o assim que se despiu, era magro, ainda mais do que meu marido, pele e osso, o peito sem pelos, ainda de um adolescente. Sob suas carícias, eu gozei, várias vezes seguidas, agarrada naquele garoto que poderia ter sido um amigo do meu filho – poucos anos mais velho do que Sam. Acolhi em mim seu anseio, potente e ainda não maduro, uma virilidade pouco consciente, por isso também tão envolvente. Não disse muito a seu respeito: vive com a mãe e um irmão mais novo – o pai saiu de casa há dois anos, porque "perdeu a cabeça" por uma garota da sua idade, a idade dele, Tommy. Ama música – toca piano, como eu, felizes imaginamos tocarmos a quatro mãos, "quem sabe quando você voltar a Roma vem até minha casa, de dia não tem ninguém lá". Está matriculado na Faculdade de Arquitetura e estuda sim, mas sem muita convicção, fez duas disciplinas e parou, não consegue se concentrar muito nos livros, "de manhã prefiro mil vezes ir até Villa Pamphili: aprendo mais coisas com as árvores do que com qualquer catálogo, manual ou professor. E depois veja, encontrei você. Se estivesse trancado na biblioteca da faculdade estudando, não teria acontecido".

Depois, chega o momento de nos despedirmos, na plataforma do trem que me levará ao aeroporto. Tommy está bem-vestido, uma camisa jeans sobre calça preta, aparou a barba, penteou os cabelos e está perfumado. Quer mostrar-me que, além de ser um elfo entre os pinheiros e um amante maravilhoso, é também um homem, com uma segurança galanteadora, pronto a fazer um papel protetor, de apoio. Ou talvez queira que eu goste ainda mais dele, quer me atar a ele, multiplicando o fascínio que já intuiu que exerce sobre mim. Não sei. Sei que, naquele dia, nossos beijos no banco ao lado da plataforma são longos e desesperados: contam do desejo impossível de não raciocinar, só jogar-se naquele abraço, escolher-nos, e sentir que ali há vida. Uma outra vida.

Os passageiros já dentro do trem nos olham, mas não nos importamos, nem com eles nem com nada. "Você vai me ligar?", Tommy pergunta quando já estou no limiar do trem Leonardo Express, malinhas de todos os tipos e tamanhos ao meu redor, turistas de diversas nacionalidades que, um pouco estressados, se apressam para encaixá-las nos espaços do bagageiro ou entre os assentos.

"Não sei... talvez ligue, sim; mas não posso garantir, não tenho certeza."

Como prever se terei vontade de falar com ele; naquele momento perceber seu olhar sobre mim, implorando, machuca-me, irrita-me a entoação quebrada que sinto em sua voz. Impressões das quais é uma necessidade afastar-me; a única volta possível é dentro, fechada na minha carapaça.

No trem, enquanto observo o campo urbano, anônimo e árido, excessivamente construído, penso em Gloria deixando Genzano, quando nos abandonou. Partidas que têm o sabor das necessidades. Pela primeira vez, sinto que entendo minha mãe, sua fuga, quando éramos pequenas demais, e tudo o que se seguiu. Árvores, alerces, copas de carvalhos quebradiços, grama amarela e emaranhados de arbustos por todos os cantos. Vejo aquela paisagem incolor deslizar e imerjo nela, para não levar meus pensamentos a Tommy, à felicidade da qual acabo de me despedir, talvez para sempre. Pensando intensamente nela, lembrando-me dela, entendo, naquele trenzinho, minha mãe: o quanto estava envolvida. Levantada por uma emoção que, como o vento, a levava embora. Exatamente como naquela foto com a qual, quando criança, eu falava às escondidas, aquele retrato feito no lago de Nemi: o mesmo turbilhão que a raptou é o que agora deseja despentear meus cabelos, virar do avesso meus pensamentos. A força de um vento, mais intensa a cada instante, preciosa a vida, estrondosa e breve, que cantou no meu grito enquanto aquele garoto me possuía. Algo assim deve ter acontecido com minha mãe. Pensar nisso me emociona, entender me liberta.

"Maddi?"
"Sim, Ninuski. Diga, estou aqui."
O telefone fixo tocou pouco depois que Pierre e os filhos saíram. Era de manhã cedo; para Nina, madrugada. Aquela ligação é um presente: eu não tinha forças para sair para caminhar; para ouvir meu coração tumultuado, muito menos.
"Mas onde você foi parar, Maddi? Todas as vezes que lhe escrevi nesses dias você respondia com monossílabos. O que aconteceu?"
"Nada, só tive algumas semanas um pouco agitadas com Valentina. Os mesmos problemas que você conhece."
"Adolescência?"
"Isso..."
Queria lhe perguntar sobre Brian, mas não o faço, estou sem vontade de conversas muito íntimas, muito menos de estimulá-las com minhas perguntas inoportunas.
"Você como está, Nina?"
"Estou melhor, sabe. Nunca teria imaginado, mas nesses dias as coisas melhoraram um pouco."
"Fico muito feliz."
Um longo silêncio; respiramos.

"Houve uma nova vernissage na galeria, a abertura da exposição de Svetlana Kodai, uma artista croata. Eu e Svetlana logo ficamos próximas. Depois do coquetel, Brian estava muito cansado e foi para casa, nós ficamos lá na galeria conversando até de madrugada... Contei-lhe tudo, sabe, Maddi: da briga, das minhas dificuldades com Brian, do fato de ter decidido me separar. Svetlana é uma mulher madura, já passou por um pouco de tudo na vida. Me falou de forma clara."

"..."

"'Alguns trens, Nina', ela disse, 'passam poucas vezes na vida: é importante saber não perdê-los.' E outras coisas assim, argumentos que me convenceram a tentar de novo com Brian. Não é o momento de desistir. Depois de tanto tempo juntos, preciso tentar, pelo menos, não jogar tudo no lixo..."

Enquanto a ouvia, aproximei-me da janela: a magnólia do pátio floriu, deve ter acontecido enquanto eu estava em Roma, se só agora estou percebendo aquelas pedras preciosas brancas e túrgidas no meio das folhas verdes.

"E você, Maddi? O que você acha?..."

"Ótimos conselhos, Ninuski; se eu tivesse conversado contigo, teria dito palavras semelhantes às que usou essa senhora."

"Não é uma senhora."

"Ok, as palavras dessa mulher: mas é claro que a opinião, dita por mim, teria soado diferente."

"..."

"Eu gosto do Brian, você sabe que gosto: é a melhor pessoa que eu já vi ao seu lado. Eu nunca o disse assim, de forma tão solene, mas..."

"Sim, sim, eu sei disso. Mas que vozinha... Você está realmente triste, Maddadura. O que vai fazer, vai na academia ou caminhar?"

"Ainda não sei. Sinto-me um pouco cansada, para dizer a verdade, tenho muitas coisas para resolver, afazeres dos quais não consegui cuidar na semana passada."

"Vale realmente acabou contigo, entendi. Sobrinha difícil como a tia", diz Nina tentando brincar.

"Um pouco sim... Ouça, Nina..."

"Diga."

"Eu estava pensando... não, nada, te digo isso mais tarde. Acabei de me lembrar de uma ligação urgente que preciso fazer agora para a embaixada do Japão, uma coisa para Pierre, desculpa."

"Ok, até mais tarde, Maddi."

"Sim, até mais tarde."

Se encontrar forças, vou sair para caminhar. Antes, vou ligar para Leyla, vou convidá-la para almoçar comigo durante a semana. Preciso contar para alguém o que me aconteceu em Roma. Compartilhar: nomear o acontecimento antes que ele se congele na minha fantasia como um fantasma. Mantê-lo comigo, protegido pela minha carapaça (minha cara paz*), eu não consigo. Não é possível.

Voltando de Roma, entrei em casa com Pierre, que veio me buscar no aeroporto, os filhos vieram me encontrar na porta. Sam me encarou, uma olhada longa a indagar – como se tivesse visto tudo. Mesmo no dia seguinte, eu tocava piano antes do jantar – *Noturnos, Op. nº 9* de Chopin, e com o qual, recentemente, tenho tentado a mão sem muito sucesso – e de novo percebo que meu filho me observa, procura uma res-

---

* Relembremos que há este jogo de palavras intransponível para o português: a autora diz que a relação era uma carapaça, *carapace* em italiano, brincando com o título do livro *Cara pace*, ou seja, "Cara paz". [N. T.]

posta em mim. Meu filho tem poucos anos – muito poucos – menos que Tommy.

Leyla vai ouvir meu relato, talvez enxugará alguma lágrima minha porque é uma amiga e sabe como fazer. Não acho que irá me julgar, nem dar conselhos. De resto, não há o que comentar, ou aconselhar. Só esperar passar. Cara paz, carapaça. No final da nossa ligação eu estava prestes a perguntar a Nina se ela gostaria de me hospedar no Brooklyn por um tempo. Viajar, sozinha, tomar alguma distância. Criar espaço, silêncio, retomar o fio, o sentido de um encontro imprevisto que me escolheu e me atingiu como um raio de luz. Entregar a Nina, à sua hospitalidade calorosa de alma bagunçada e de irmã, uma história que seria mais provável de ser vivida por ela do que por mim. Um acontecimento que é só meu, mas poderia ser de Nina, e se for também seu é por aquela indistinção íntima que nos une, fio invisível que nunca foi cortado.

Vou perguntar se pode me receber em Nova Iorque, um tempinho na casa deles, mas não hoje. Em outro momento. Talvez amanhã.

Lembro e agradeço a Luigi Spagnolo pela acuidade generosa com que leu este livro.

© Editora Nós, 2023, © Adriano Salani Editore, 2020
Edição publicada em acordo com Grandi & Associati

Direção editorial SIMONE PAULINO
Coordenação editorial RENATA DE SÁ
Edição JULIA BUSSIUS
Assistente editorial GABRIEL PAULINO
Preparação BRUNA PARONI
Revisão TAMARA SENDER
Projeto Gráfico BLOCO GRÁFICO
Assistente de design STEPHANIE Y. SHU
Produção gráfica MARINA AMBRASAS
Assistente de marketing MARIANA AMÂNCIO DE SOUSA
Assistente comercial LIGIA CARLA DE OLIVEIRA

Imagem de capa LUIGI GHIRRI (herdeiros de Luigi Ghirri), *Marina di Ravenna*, 1986.

Texto atualizado segundo o novo Acordo Ortográfico da Língua Portuguesa

---

Dados Internacionais de Catalogação na Publicação (CIP)
de acordo com ISBD

G493c
Ginzburg, Lisa

    Cara paz / Lisa Ginzburg. Tradução: Francesca Cricelli.
    São Paulo: Editora Nós, 2023
    256 pp.

Título original: *Cara pace*
ISBN: 978-85-69020-68-4

1. Literatura italiana. 2. Romance I. Cricelli, Francesca. II. Título
2023-209   CDD 853   CDU 821.131.3-3

Elaborado por Odilio Hilario Moreira Junior, CRB-8/9949

Índice para catálogo sistemático:
1. Literatura brasileira: Romance 853
2. Literatura brasileira: Romance 821.131.3-3

Fonte NITIDA
Papel PÓLEN BOLD 70 G M/^{2}
Impressão SANTA MARTA

Todos os direitos desta edição reservados à Editora Nós
Rua Purpurina, 198, cj 21, Vila Madalena, São Paulo, SP | CEP 05435-030
www.editoranos.com.br